AF314721

Y6

2569

THÉOCRITE.

GENÈVE, IMPRIMERIE DE F. RAMBOZ.

THÉOCRITE,

PAR

J. ADERT.

ANCIEN ÉLÈVE DE L'ÉCOLE NORMALE, LICENCIÉ ÈS-LETTRES ET RÉGENT DE LA PREMIÈRE
CLASSE LATINE AU COLLÉGE DE GENÈVE.

nec fas
Turpe fuit victi, quam contendisse decorum est.
(OVID. Metam. X, 5.)

GENÈVE,
CHEZ JULLIEN ET FILS, LIBRAIRES.

1843

I. GEORGIO BAITERO

ET

HERMANNO SAVPPIO

PROFESSORIBVS TVRICENSIBVS

GRATVM ANIMVM

TESTATVRVS

D.

AVCTOR.

L'auteur de cette dissertation a voulu réunir et coordonner
tous les témoignages de l'antiquité sur Théocrite, ainsi que les
principaux travaux des philologues et des littérateurs modernes,
depuis notre grand Casaubon jusqu'à nos jours. Il a cru ce travail utile, mais comme personne ne l'avait tenté avant lui, il a
dû se livrer à de longues recherches qu'il se trouve heureux
d'épargner en grande partie à ses successeurs. C'est dans ce
but qu'il a multiplié les notes, et que tous les passages cités,
à deux exceptions près, ont été scrupuleusement empruntés
aux auteurs originaux, car son expérience lui prouve chaque
jour avec quelle prodigieuse rapidité se copient et se propa-
gent les erreurs dans tous les ouvrages de *seconde main*. Quant
aux essais esthétiques et critiques qui suivent la dissertation,
il a cru devoir les soumettre au jugement de ses lecteurs, avant
de les faire entrer définitivement dans un travail plus important
sur le poète de Syracuse.

La nécessité de passer rapidement sur un grand nombre de détails,
et l'impossibilité pour l'auteur de revoir ce travail dans son ensemble,

ne lui ont pas permis de corriger bien des phrases obscures ou qui faussent même sa pensée : ainsi dans la première page : « que Racan réunit sous le nom gracieux de *Bergeries*, » il semble que l'on désigne un recueil d'IDYLLES que Racan n'a jamais composé, etc.... Le lecteur voudra bien excuser ces fautes

Quas humana natura parum cavet natura.

Il n'en restera que trop encore.

LES PRÉDÉCESSEURS DE THÉOCRITE.

I.

Quel est le véritable sens de ces mots : *pastorale, poésie buco-lique, églogue, idylle*, que les critiques emploient à peu près sans distinction? Les trois premiers sont faciles à définir. Les posses-seurs ou gardiens de bœufs (βουκόλοι) occupant le premier rang parmi les bergers (1), ont imposé leur nom à toutes ces poésies que Racan réunit sous le titre gracieux de *Bergeries*. *Églogue*, au contraire, quelque joli qu'il soit, ne signifie absolument que *choix* (ἐκλογή). Virgile et ses contemporains l'ignorèrent sans doute ; mais les grammairiens l'inscrivirent en tête de son recueil, comme ils le donnèrent à toutes les poésies, quelle que fût leur nature (2), dont l'ensemble leur semblait un *choix* fait par l'auteur ou la pos-térité. C'est ainsi que quelques manuscrits donnent le nom d'*E-glogues* aux *Sermones* d'Horace, que Stace, qu'Ausone ont employé ce mot, et qu'à l'époque carlovingienne, il s'appliqua même aux poëmes satiriques (par ex. à l'*Ecloga de Calvis* d'Hucbald). Toutefois Virgile, et après lui Calpurnius, en firent comme le titre par excellence des poëmes bucoliques, et c'est ainsi que

(1) Voy. Appendice, Idyl. V, v. 25, et Hardion, Mémoires de l'Aca-démie des Inscriptions, tom. IV, pag. 534, où les distinctions entre les bergers de Théocrite sont très-savamment exposées. — Schol. Theocr. in proœmio : Τὴν μέντοι ἀπὸ τῶν βοῶν εἴληφεν ἐπιγραφήν, ὡς ἀριστεύοντος τοῦ ζώου. Théocr. Id. I, v. 86, c. Schol.

(2) « Proinde sive *epigrammata*, sive *idyllia*, sive *eclogas*, sive, ut multi, *poëmatia*, seu quod aliud vocare malueris, licebit voces : ego tan-tum *hendecasyllabos* præsto. » Plin. Epist. IV, 14, 9. — Suétone, Vie d'Horace, donne le titre d'*Ecloga* au *Cum tot sustineas*. Voy. aussi Stace, Silves, III. Præf. Ausone, Epistola ad Symmachum, Ed. XI et Ed. VI Præf.

Pétrarque, Sannazar, le Mantouan le firent entrer dans la littérature moderne de l'Italie surtout et de l'Espagne (1).

Le sens et l'étymologie du mot *idylle* sont plus contestés, quoique, sans aller bien loin, ce nom soit assez clairement expliqué dans les Prolégomènes grecs en tête des Scholies; mais il se cache au milieu d'autres interprétations erronées. Nous avons en effet : Ἰστέον ὅτι Εἰδύλλιον λέγεται τὸ μικρὸν ποίημα, ἀπὸ τοῦ Εἶδος, ἡ θεωρία· οὐκ Εἰδύλλιον παρὰ τὸ Εἴδω, τὸ εὐφραίνω. Ἄλλος. Εἰδύλλιον λέγεται, ὅτι εἶδός ἐστιν ὁποῖόν ἐστι λόγος. Ὑποκοριστικῶς λέγεται Εἰδύλλιον. Voilà deux étymologies : idylle vient ou de εἶδος ou de εἴδω dans le sens d'εὐφραίνω : mais εἴδω est un barbarisme, et le Ms. de Genève corrige en οὐκ ἀπὸ ἥδω τὸ εὐφ. Il y ajoute même une troisième étymologie : οὐκ ἀπὸ τοῦ εἴδω τὸ ὁμοιῶ· ἐοικότες γὰρ τοῖς προσώποις εἰσὶν οἱ λόγοι.

Mais il est évident que la forme ἡδύλλιον, sans être barbare, a contre elle l'usage sans exception de tous les Mss. et de tous les grammairiens, ainsi que le mot latin *idyllia*, au lieu d'*hedyllia* (2). Quant à la troisième étymologie, elle a pour base une forme inconnue ; car εἴδω n'a jamais existé. Ainsi donc il faut chercher εἰδύλλιον dans εἶδος, comme ἐπύλλιον dans ἔπος (3). Nous ne donnerons pas à εἶδος le sens du Scholiaste, que semble adopter Forcellini, ni celui de Schlegel, qui l'explique par *image*, mais celui de *forme*, *species*, qu'il a presque toujours. Or, de même que les *Epinices* de Pindare furent désignées sous le nom général de εἴδη, par suite de la variété des sujets que le poëte avait traités, de même les Alexandrins donnèrent le nom de Εἰδύλλια aux poëmes de Théocrite, qui par leur étendue admettent parfai-

<hr>

(1) On dit même, sans que je veuille l'affirmer, que les poëtes italiens réservent le nom d'*églogues* aux pastorales où le mètre ne change pas, tandis qu'ils donnent celui d'*idylles* aux églogues où les vers sont mêlés.

(2) Le Grand Etymologique cite ἡδύλλιον (p. 273, l. 41). L'ει des Grecs se changeait en latin plus fréquemment en e qu'en i : de là le titre d'*Edyllia* que portent quelques poésies d'Ausone.

(3) Ὁ τοὺς μὲν ἔξω ξυλλέγων ἐπύλλια οὐκ ὤδε. Aristoph. Acharn. 398.

tement le diminutif, et qui ont en effet toute espèce de formes (1) :
les uns sont dramatiques, comme les Syracusaines, les autres ne
contiennent qu'un chant ou un récit, comme le Cyclope; les autres enfin sont à la fois dramatiques et narratifs, comme Daphnis
et la Magicienne. — Ainsi donc il est constant que le mot *idylle*
avait une signification fort étendue, ce qu'il fallait prouver,
pour le rappeler en traitant de l'authenticité des poëmes de Théocrite (2).

II.

De l'étymologie de ces mots, qui ne nous apprend rien sur
leur histoire, adressons-nous maintenant à la tradition, et discu-
tons les récits qu'elle peut nous avoir conservés. C'est d'abord le
Scholiaste : mais on prévoit d'avance que son témoignage n'aura
pas un résultat bien positif, quoiqu'il ait compilé des grammairiens qui remontent aux siècles d'Auguste ou de Trajan
(Théon, Amarantus, Amerias, Asclepiades). La fable et les
récits des temps héroïques avaient depuis longtemps envahi
l'histoire, et de même que la plus misérable bourgade de la Grèce,
faisait hardiment remonter son origine à quelque divinité, les
moindres faits de la primitive histoire littéraire devaient avoir
pour auteurs des héros, enfants des dieux, sinon des dieux eux-
mêmes. Quoi qu'il en soit, cette petite dissertation a pour titre :
« Où et comment furent inventées les poésies bucoliques. »

« Les bucoliques, dit-on, furent trouvées à Lacédémone, et
« prirent un grand développement. En effet, lors de la guerre des
« Perses, et quand ils inspiraient la plus grande crainte aux Grecs,

---

(1) C'est ce que semble avoir compris le Scholiaste (Arg. I Id.) :
Οὐκ ἤθελεν ὁ ποιητὴς (?) θεῖναι ἄλλοίας καὶ ἄλλοίας ἐπιγραφάς, ἀλλὰ μίαν
ἁρμόζουσαν πᾶσι τοῖς ποιήμασιν αὐτοῦ. Εἶδος γὰρ λόγου ἐστὶ καὶ τὸ διηγη-
ματικόν, καὶ τὸ δραματικόν, καὶ τὸ μικτόν· καὶ διὰ τοῦτο ὑπεγράφησαν
εἰδύλλια.

(2) Voy. entre autres sur le sens du mot *idylle* l'élégant abbé Fraguier, Mém. de l'Acad. des Inscr., t. II, p. 130, et Wissowa, Theocritus Theocriteus, p. 14.

« arriva la fête d'Artémis Caryatis (1), et comme on avait ca-
« ché les jeunes filles à cause des troubles de la guerre, quelques
« paysans entrèrent dans le temple, et célébrèrent Artémis avec
« leurs propres chansons. Leur muse, tout étrange qu'elle était,
« fut trouvée excellente, et la coutume en resta. — D'autres disent
« que les bucoliques furent introduites dans l'origine à Tyndaris,
« ville de Sicile, de la manière suivante : Oreste rapportait du pays
« des Taures en Scythie la statue d'Artémis, lorsque l'oracle lui
« donna l'ordre de se laver dans sept fleuves sortant d'une même
« source. Arrivé à Rhegium, ville d'Italie, il lava la souillure de
« son crime dans les fleuves qu'on appelle séparés : puis il se ren-
« dit à Tyndaris, ville de Sicile. Les habitants célébrèrent la déesse
« avec leurs propres chants, et l'usage consacra depuis cette in-
« novation. — Mais voici la vérité : Il y eut à Syracuse une sédition
« dans laquelle périrent grand nombre de citoyens : une réconci-
« liation la suivit, et l'on crut qu'Artémis en était la cause. Les
« paysans en reconnaissance lui présentèrent des offrandes, et
« pleins de joie célébrèrent la déesse avec leurs chansons accoutu-
« mées ; et ce fut ainsi que ceux qui suivirent (οἱ ἐφεξῆς) oubliè-
« rent l'origine de cette coutume. » — Plus bas, le Scholiaste
ajoute quelques détails assez curieux : « Les bergers chantaient,
« dit-on, avec un pain suspendu (à leur ceinture), ayant l'empreinte
« d'un animal, une besace remplie de légumes de toute espèce et
« du vin dans une outre de peau de chèvre qu'ils offraient aux
« passants pour faire leurs libations, la tête ornée d'une couronne
« et de cornes de cerf (2), et dans les mains une houlette : le vain-

(1) Voyez sur le culte de Diane Caryatis, Pausanias, Laco-
niques, ch. X. — Isidore de Séville, Origin. I, ch. 38 (Auctores L. L.
Genève, 1602), traduit le Scholiaste. Servius (Prol. ad Ecl.) y ajoute
quelques détails : « Collectis nautis suis et aliquibus pastoribus convo-
catis (Orestes).... »

(2) Voy. sur ces cornes de cerf, Potter, Archæologia Græca, P. I,
p. 212. Ed. de Venise. J'ai cru devoir transcrire un passage de Diomède
(liv. III, p. 483. Ed. Putsch.), parce qu'il est évidemment emprunté à

« queur prenait le pain des vaincus et restait à Syracuse, tandis
« que le vaincu allait dans les campagnes voisines pour collecter
« sa nourriture ; il chantait des chansons gaies ou bouffonnes, et
« terminait en façon de souhait :

> « Reçois la bonne fortune, reçois la santé,
> « Que nous t'apportons de la part de la déesse, qu'elle-même appelle
> pour toi (?). »

Ces récits cependant, quelque singuliers qu'ils soient (1), n'a-
vancent guère la question, et les trois premiers surtout semblent
avoir droit à la même origine. La tradition d'Oreste remonte sans

notre Scholiaste, mais avec certains détails que les abréviateurs ont fait
disparaître du texte grec. Je ne sais pourquoi les éditeurs de Théocrite
ne l'ont jamais cité :

« Antequam Hiero rex Syracusas expugnaret, morbo Sicilia laborabat.
Variis et assiduis ceremoniis Dianam placantes, finem malis invenerunt,
eamdem *Lyen* cognominaverunt, quasi solutricem malorum. Inde res in
consuetudinem tracta est, ut greges rusticorum theatrum ingrederentur (?)
et de victoria canerent. Habitus vero hujus modi videbatur. Erat panis
magnus, omnium ferarum imagine completus (?), et uter cum vino, et
follis cum omnium leguminum genere. Inerat et corona in capite et pe-
dum clavatum ; atque ita victorum omnium fores multitudo circuibat,
carmen in victoriam, quam adepti fuerant, canebant, et de eo folle limina
frugibus spargebant. Nonnulli et in Italiam et in Lydiam et Ægyptum
transisse creduntur quos *Lydiastas* et *Bucolistas* appellaverunt. Quamquam
est et alia opinio circum pagos et oppida solitos fuisse pastores, com-
posito carmine precari pecorum et frugum omniumque rerum proven-
tum, atque inde in hunc diem (?) manere nomen et ritum Bucolicorum.
Putant autem quidam hoc genus carminis primum Daphnin composuisse,
deinde alios complures inter quos Theocritum Syracusanum, quem
noster imitaretur (Virgilius). »

Je regrette de n'avoir pu trouver le récit de Probus que Welcker
(Jahrbücher für Philolog. 1829. 3 H.) dit être fort important.

(1) Ce qui prouverait encore leur antiquité, c'est que nous les trouvons reproduits en partie dans la Vie de Virgile, attribuée à Tib. Cl.
Donatus, qui, quel que soit son auteur, ne paraît pas remonter au delà
du cinquième siècle.

doute à ces intrépides mythographes dont les fables renfermaient tout, donnaient raison de tout : car, pour qu'Oreste vînt à Tyndaris, il fallait que cette ville existât, et Tyndaris n'existait pas avant Denys l'Ancien ; il la fonda pour les exilés messéniens que Sparte ne pouvait souffrir dans leur belle colonie de Messine (1). On dira qu'il s'agit ici d'une fête de Diane, et que la déesse indiquée dans les vers de la chanson est sans doute aussi Diane ; mais quels rapports établir entre les hymnes grossiers de ces paysans et la pastorale de Théocrite ? La tragédie, comme l'ode et comme la comédie revendiquent une origine presque semblable, c'est-à-dire extrêmement vague. Il en est de même du dernier fragment que nous avons cité : les détails qu'il renferme lui donnent une espèce d'authenticité, et l'on y reconnaît bien une lutte poétique ; mais ces combats sont communs à plusieurs pays : on les retrouve jusque dans la petite Bretagne et dans l'Écosse. Ils deviennent plus tard un des principaux caractères de la poésie bucolique, et je crois que c'est de la vie réelle des bergers siciliens que Théocrite les a fait passer dans ses Idylles ; mais ces luttes n'auraient jamais pu créer la pastorale, s'il ne s'y était joint d'autres causes plus importantes encore et dont la tradition n'a gardé qu'un vague souvenir. Quant à la chanson, il ne faudrait pas y voir un fragment d'une primitive idylle : c'est une de ces chansons populaires, semblable à celle des *Mendiants*, qui nous est restée sous le nom d'Homère (εἰρεσιώνη), ou à celles de la Cor-

(1) On pourrait cependant faire accorder ces détails contradictoires. Entre Mylæ et Naulochus se trouvait un temple extrêmement célèbre de Diane Phacélitis, fondé, disait-on, sur le modèle de celui de Sparte, dans lequel Oreste avait déposé la statue de la déesse (Pausanias, III, 16, 6). Ces sortes de temples durent se répandre en Sicile et en Italie. Celui d'Aricie renfermait une statue de Diane Taurique (βρέτας) ; peut-être s'en trouvait-il un à Rhegium (Cf. V. Paterc. II, 25). De là le récit des courses errantes d'Oreste :

> ..... et sæpe, quod ante
> Optasti, freta Messanæ et Rhegina videbis
> Mœnia, tum Liparas, Facelinæ (et) templa Dianæ.
>
> (Lucilius.)

neille, de l'Hirondelle, que l'on trouve dans Athénée (1). Toutes renferment des vœux pour les personnes qui feront quelque présent à celui qui chante à la porte, et toutes aussi furent longtemps en vogue, l'une à Samos, l'autre à Rhodes, et la troisième à Syracuse.

Les autres témoignages historiques ne paraissent guère plus concluants.

Athénée ou peut-être Epicharme semble attribuer l'invention de l'idylle à un certain Diomus : mais ce passage est évidemment susceptible d'une interprétation toute différente (2). De son côté,

Du reste, on retrouve cette statue de Diane à peu près chez tous les peuples de l'antiquité : en Italie, en Sicile, en Grèce, dans la Tauride, au sud du Pont Euxin, à Antioche (Voy. Heyne, ad Donatum, p. XCII). Tyndaris n'était qu'à cinq lieues de Mylæ. (Voy. Diod. de Sicile, XIV, ch. 78. Ed. Didot.)

(1) Hérodote, Vie d'Hom. § 33. — Athénée, liv. VIII, p. 250, seq. Ed. Tauchnitz. M. Sainte-Beuve a traduit le Chant de l'Hirondelle dans une de ces charmantes biographies qui suivent son Tableau de la Littérature du seizième siècle (Ed. Charpentier, p. 472), et nous annonce un élégant travail de M. Rossignol sur les chansons populaires des Grecs. Tous ceux qui ont vécu quelque temps en Allemagne ne se souviennent-ils pas de ces petits enfants qui vont de porte en porte chanter :

> Haveli, haveli, laue
> Die Fassnacht geht aue :
> Da droben in dem Hühnerhaus
> Hängt ein Korb voll Eier heraus
>
> . . . .
>
> Glück schlag in's Haus
> Komm' nimmermehr heraus.

C'est presque, chose singulière, une chanson grecque.

(2) Athénée, XIV, p. 13. T. « Ceux qui conduisaient les bœufs avaient une autre chanson, appelée *Boucoliasmos* : ce fut Diomus, berger sicilien, qui l'inventa ; Epicharme le cite dans l'*Alcyon* et dans *Ulysse naufragé*. » Ce Boucoliasmos me paraît singulièrement ressembler à notre *Ranz des vaches*, et je crois que l'on s'est mépris sur le sens de εἴπερ τὸ εἶδος. Plus tard βουκολιάζομαι a bien signifié *chanter une chanson bucolique* (Théocr. Id. 9, 1), mais τοῖς ἀγρομένοις τῶν βουκολιῶν me semble décisif.

Diodore de Sicile, Élien, qui copie à peu près Diodore, et bien d'autres encore (1), nous racontent l'histoire d'un fils de Mercure, de Daphnis, dont les nombreux troupeaux paissaient les pâturages des monts Héræens. Il inventa la pastorale, nous dit Diodore (2), tandis que, suivant Élien, la première idylle eut pour sujet les malheurs de ce berger. On l'attribue à Stésichore d'Himère, et c'est aussi par les souffrances de Daphnis que s'ouvre le recueil de Théocrite. Sans entrer dans cette discussion, que nous reprendrons en traitant de la première idylle, constatons en passant que Diane se représente encore dans ce récit (3), et qu'elle trouve plaisir aux chants harmonieux de Daphnis. Je ne crois pas que le hasard ramène ainsi la déesse, et s'il est vrai que la pastorale ait pris naissance en Sicile, ce que prouve l'accord de toutes les traditions, ne peut-on pas conclure qu'elle est sortie des fêtes solennelles de Diane, comme la tragédie de celles de Bacchus? Mais ces faits acquis à l'histoire littéraire sont encore bien incertains, et il nous devient absolument impossible de suivre la pastorale dans ses progrès, ou de remonter à son Thespis, car je ne sache pas que l'on ait encore dégagé le vrai de tout ce brillant alliage de fables, qui le cachent à nos yeux. Une seule chose nous reste à faire, c'est de chercher comment l'idylle a pu se développer en Sicile, tandis que partout ailleurs on ne connaissait que des chants de pâtres aussi sauvages que leurs troupeaux.

(1) Diodore, IV, 84. Ælien, V. H. X, 16. Schol. Theocr. Id. I, pass. VIII, s. f. Parthenius, Nar. 29. Silius Italicus, XIV, 466. Ovid. Metam. IV, 276. Servius ad Virg. Ecl. V et VIII. Ælien. H. An. XI, 13. Philargyrius ad Ecl. V. 20.

(2) Diod. l. c.... ἐξευρεῖν τὸ βουκολικὸν ποίημα καὶ μέλος ὃ μέχρι τοῦ νῦν κατὰ τὴν Σικελίαν τυγχάνει διαμένον ἐν ἀποδοχῇ. Ce témoignage de Diodore est surtout important en ce qu'il affirme que de son temps les bergers connaissaient encore ces *poëmes* et ces *chants bucoliques*. — Æl. l. c. Καὶ Στησίχορόν γε τὸν Ἱμεραῖον τῆς τοιαύτης μελοποιίας ὑπάρξασθαι.

(3) ... καὶ διὰ τῆς σύριγγος καὶ βουκολικῆς μελῳδίας τέρπειν αὐτὴν διαφερόντως. Diod. l. c.

III.

Dans la plus philosophique de ses idylles, A. Chénier met en scène un chevrier qui vit libre, heureux avec ses troupeaux, et sous la protection de ses *agrestes déités* (agrestum præsentia numina), dont les mains bienfaisantes s'ouvrent sur les pauvres laboureurs :

> La Récolte et la Paix, aux yeux purs et sereins,
> Les épis sur le front, les épis dans les mains,
> Qui viennent sur les pas de la belle Espérance
> Verser la corne d'or où fleurit l'Abondance.

Mais s'il jouit avec transport des riches campagnes qu'il habite, s'il ne voit partout que des dieux bienfaisants, s'il aime ses chevreaux, c'est qu'il est libre, tandis que le berger qu'il console est esclave : pour lui, la nature est une marâtre qui nourrit les autres et lui laisse sa faim; ses agneaux sont la cause de tous ses tourments : ils sont malades, ils se traînent à peine, et sous les coups de son maître il expie cruellement la maigreur de son troupeau. Comment aimerait-il les dieux? Ils lui donnent des fers. C'est pour cela qu'il maudit l'instant qui le vit naître, le tyran qui l'opprime, et le chevrier, qui, voulant le rendre moins farouche, lui fait présent d'une chèvre et de ses chevreaux.... il le répète sans cesse, il est esclave. Oui, la servitude antique, la servitude surtout de la glèbe, devait être l'état le plus horrible pour ces âmes humaines, qui, dans les riches campagnes de l'Italie et de la Sicile, n'auraient dû s'ouvrir qu'à des transports d'amour et de reconnaissance, qu'à des chants de bonheur dans les fêtes qui les réunissaient autour de leurs grossiers autels. Mais les parties montueuses de l'Italie méridionale, de la Sicile et de l'Arcadie n'ont jamais compté et ne comptent pas encore un grand nombre de laboureurs. De tout temps, ces pays ont appartenu à des peuples pasteurs, auxquels, pendant bien des siècles, l'odieux esclavage de la glèbe demeura presque étranger. Les bergers ont été toujours à peu près libres : ils se contentaient du lait et de la chair de leurs troupeaux, et jamais ils n'ont fait grand commerce de vin et de blé. Toutes les côtes au contraire étaient couvertes de champs et de vignobles qui pendant bien des siècles ont approvisionné les greniers des Romains. Or, l'esclavage, lorsqu'il existe chez les peuples pasteurs, prend nécessairement la forme de la domesticité; les troupeaux parquent dans les montagnes, et l'esclave quitte son maître pour les suivre et parquer avec eux : et tandis que le serf de la glèbe ne connaît ni trêve, ni repos, le pâtre esclave au contraire, si l'oisiveté lui pèse, observe et calcule en Chaldée les révolutions des astres, invente en Arcadie le chant et la musique, ou crée, comme en Sicile, la poésie pastorale. Les pâtres repoussent, il est vrai, la civilisation, qu'acceptent si rapidement les peuples laboureurs; mais aussi leur imagination s'exalte dans ces vastes solitudes; ils se passionnent pour leur indépendance, et n'acceptent qu'en frémissant des devoirs ou des travaux qui les arrachent à cet état de paix contemplative où se trouve leur bonheur. Plaçons maintenant ces hommes sous le ciel toujours pur de la Sicile, au centre de la plus vigoureuse et de la plus riche végétation, et dans une contrée toute émue encore des poétiques fables de l'antiquité; supposons-les à la fois oisifs, parce qu'ils dédaignent le commerce, et qu'ils ignorent toutes les jouissances du luxe; libres, parce qu'ils sont nés et ont grandi dans leurs montagnes, sans souci des tyrans, des démagogues, des Carthaginois et de Pyrrhus, ingénieux et spirituels, car ils sont de race grecque, et nous reconnaîtrons que leur âme devait s'ouvrir rapidement à la poésie, à l'amour, à la haine, en un mot, à toutes les passions impétueuses de l'indépendance. Comment sous ces ardentes impressions n'auraient-ils pas chanté leurs plaisirs et leurs douleurs, ces divinités champêtres qu'ils ne connaissaient que par des bienfaits ou ces enfants des dieux que la reconnaissance avait transportés dans le ciel? Les images, les tableaux ne leur man-

quaient pas. C'étaient autour d'eux (1) leurs farouches taureaux qui
n'obéissaient qu'à la voix de leur maître, les génisses qui paissaient gravement l'herbe des pâturages, les boucs aux bonds ca-
pricieux, les chèvres fuyardes, les brebis dont la tendresse mater-
nelle est si vite alarmée, les chiens actifs ou sommeillant, le
murmure des pins, la majesté des chênes, la redoutable obscurité
des forêts. Ces images, ces tableaux, ils les transportaient dans
leurs chants, lorsque assis sous l'ombrage d'un arbre touffu, après
avoir réuni leurs troupeaux autour d'eux, ils se provoquaient à
des combats poétiques, et pendant leurs *divins loisirs* (2) inven-
taient ou modifiaient la flûte pastorale, et s'essayaient à composer
les paroles et les airs. Puis, la chanson s'encadrant dans un rythme
facile, et pénétrant sans effort ces oreilles musicales, circulait
bientôt en Sicile et en Italie (3). Ajoutez enfin à toutes ces causes l'éclatante gravité que prêtait à ces chants le dialecte dorien (4),
et vous comprendrez comment la muse sicilienne, s'élevant rapide-

(1) Théocrite, passim. Virgile. id. — Voy. surtout l'abbé Fraguier,
L. c. Diss. sur l'Eglogue, p. 133.

(2) Toute l'origine de la poésie pastorale est dans ces admirables
vers de Lucrèce (V. 1378) :

> At liquidas avium voces imitarier ore
> Ante fuit multo, quam levia carmina cantu
> Concelebrare homines possent, aureisque juvare.
> Et Zephyri cava per calamorum sibila primum
> Agresteis docuere cavas inflare cicutas.
> Inde minutatim dulces didicere querelas,
> Tibia quas fundit, digitis pulsata canentum.
> Avia per nemora ac silvas saltusque reperta,
> Per loca pastorum deserta atque otia dia.

Virgile (Egl. V. 14) : .... modulans alterna notavi.

(3) Théocr. Id. IV, 31, seq.

(4) Le fait du dialecte n'est pas ici sans importance, car il prouverait à lui seul que les Doriens avaient pénétré bien plus avant que les Ioniens en Sicile, et qu'ils s'étaient établis dans les montagnes, où ils ex-
terminèrent les vieilles peuplades des Sicules. Les Ioniens ont toujours
été amis des côtes et de la mer.

ment à la perfection, a pu créer un poëte, et lui assigner une glorieuse place au milieu des grands noms de la littérature grecque. Et si je ne me trompe, et sans vouloir approfondir cette question, ne peut-on pas maintenant affirmer que la poésie pastorale ne sera désormais possible, je veux dire originale, que lorsque le poëte se verra replacé dans un *milieu* semblable à celui de Théocrite? Si non, elle s'altère et s'enveloppe de l'allégorie, comme dans Virgile, ou s'efforce de remonter au fleuve homérique, comme dans Chénier, où la naïveté n'est plus que le résultat d'un travail à la fois exquis et opiniâtre. Les Martyrs et les Idylles n'appartiennent-ils pas à la même époque de réaction littéraire (1)?

IV.

Mais où placer dans l'histoire de Sicile ce développement si remarquable et cette passion pour les poëtes et la poésie, qui s'étend depuis la cour voluptueuse des tyrans à l'humble cabane du berger? Ce développement, on l'a prouvé depuis longtemps, est étroitement lié à la prospérité matérielle et commerciale d'une nation : c'est ainsi que l'école des Homérides grandit dans les riches colonies de l'Asie Mineure; Athènes jette son plus vif éclat après Marathon et sous Périclès, et Marseille s'élève autant par son génie commercial que par ses savantes écoles littéraires. Je ne parle que du monde grec. Or, c'est entre le cinquième et le sixième siècle av. J. C. que la Sicile atteint son point culminant de splendeur et de prospérité. Syracuse, Agrigente et Géla se partagent la domination de l'île. Les Carthaginois sont refoulés, et se tiennent enfin en repos dans ce redoutable camp fortifié qu'ils se sont construit dans l'angle du cap Lilybée, illustré plus tard par l'héroïque défense du grand Hamilcar. Agrigente surtout est au comble de sa puissance commerciale, et ses vaisseaux sillonnent toutes les mers de l'Afrique. En paix avec Syracuse et Car-

(1) C'est **M.** de Châteaubriand qui le premier a fait connaître **A.** Chénier. Génie du Christ. Note XV.

thage, elle est le port franc où se rencontrent Africains, Asiatiques et Grecs, où s'échangent les richesses du Midi contre les produits du Nord. Bientôt grandit Syracuse : sous Gélon et Hiéron (1), sa suzeraineté s'étend sur l'île tout entière, et à la voix de ces antiques Médicis, se pressent Simonide, Epicharme, Bacchylide, Eschyle, Pindare, dont les hymnes assurent une éternité de gloire aux chars et aux coursiers vainqueurs dans le stade olympique.

Ce fut sous cette vaste et puissante influence, et dans le cours de cette éclatante période, unique dans l'histoire de la Sicile, que se développa, chez les Ioniens comme chez les Doriens, cette passion des lettres qui suscita tous ces poëtes, ces philosophes, ces historiens, ces rhéteurs, dont les noms surnagent seuls aujourd'hui dans le déplorable naufrage de la littérature sicilienne. Que cette révolution, qui s'appuyait sur Agrigente et Syracuse, se soit rapidement étendue aux villes de l'intérieur, aux bourgades, aux campagnes, c'est ce qu'il est difficile de révoquer en doute : elles étaient prêtes, nous l'avons prouvé, à l'accepter avec enthousiasme, à la seule condition de la modifier selon leur génie. Ils laissèrent l'aigle de Pindare s'élancer aux voûtes du ciel, et, sur le sceptre de Jupiter, s'endormir aux sons de la lyre : leur âme s'ouvrit aux accents de Bacchylide et de Simonide, et les souffrances de Danaé inspirèrent sans doute les chantres de Daphnis. La pastorale était créée.

Mais si nous pouvons en quelque sorte dater cette naissance, il faut nous hâter de reconnaître que cette date ne repose que sur une hypothèse fondée sur des conjectures plus ou moins plausibles : les témoignages positifs, comme par exemple une idylle antérieure à Théocrite, nous manquent complétement. Il est vrai que Stésichore, nous l'avons déjà dit, avait fait un *Daphnis* : mais ce sujet s'est vu traiter de tant de façons diverses, que je ne puis admettre l'assertion de Gaisford (2), qui voit dans ce *Daphnis*

(1) Rapprochement curieux. Diomède (v. s.) place l'invention de la pastorale à l'époque de la prise de Syracuse par Hiéron (477 ?).

(2) Poét. Græc. Min. III, p. 337. Ed. de Leipsick.

un poëme bucolique. Cette discussion doit trouver ailleurs sa place naturelle : remarquons seulement que l'antiquité nous représente Stésichore comme un auteur extrêmement grave et pompeux. Denys d'Halicarnasse (1) vante l'éclat de ses vers et l'art avec lequel il observe toujours les *mœurs* et la *dignité* de ses personnages, tandis que Quintilien nous le montre chantant les guerres les plus redoutables, les généraux les plus illustres, et soutenant avec sa lyre le poids d'un poëme épique. Alexandre le plaçait au nombre des poëtes que doivent lire les rois. Rien dans ce portrait littéraire ne ressemble moins à un poëte pastoral, et si Stésichore eût ouvert la carrière à Théocrite, nous aurions sans doute quelque témoignage plus positif que l'indécise phrase d'Élien. Son *idylle* sur Daphnis était peut-être une de ces élégies nationales dont le sujet, comme celui de sa Calyce, se trouvait dans toutes les bouches (2), et devait tenter un poëte, rival d'Homère dans l'épopée, et que Simonide ne put vaincre dans l'élégie.

V.

De Stésichore à Théocrite, c'est-à-dire pendant près de trois cents ans, la tradition ne conserve aucun nom de poëte bucolique. Tout à coup le voile se déchire, et nous trouvons à l'apogée de l'école d'Alexandrie, une pléiade de poëtes, qu'un témoignage formel, en apparence contemporain, place au nombre des amis ou des rivaux de Théocrite. Une école aussi nombreuse prouve péremptoirement l'antiquité du genre, et le poëte de Syracuse n'est plus qu'un nouvel Homère, qui absorbe dans son

---

(1) ...ἐν οἷς τὰ ἤθη καὶ τὰ ἀξιώματα τῶν προσώπων τετήρηκεν. Dion. Hal. De Veter. Script. Censura, II, p. 123. Ed. Oxf.

Stesichorum, quam sit ingenio validus, materiæ quoque ostendunt, maxima bella et clarissimos canentem duces, et epici carminis onera lyra sustinentem. Quintil. X, 1. — Dion. Chrys. Or. II, p. 81. Reiske.

(2) Athénée, XIV, p. 14. (Tauchn.) ἦσαν αἱ ἀρχαῖαι γυναῖκες Καλύκην τινὰ ᾠδήν. Il cite Aristoxène.

œuvre l'œuvre plus obscure d'émules moins grands ou moins
heureux. Cette conclusion, je l'accorde : mais je nie le fait suivant qui lui sert de prémisses, car il me semble plus que douteux.

On fait dire à Moschus dans son Elégie pastorale sur la mort
de Bion (III. 94, 49) :

> Πάντες, ὅσοις καπυρὸν τελέθει στόμα, βουκολιασταὶ
> Ἐκ Μουσᾶν, σέο πότμον ἀνακλαίουσι θανόντος.
> Κλαίει Σικελίδας, τὸ Σάμου κλέος· ἐν δὲ Κύδωσιν,
> Ὁ πρὶν μειδιόωντι σὺν ὄμματι φαιδρὸς ἰδέσθαι,
> Δάκρυα νῦν Λυκίδας λείβων χέει· ἔν τε πολίταις
> Τριοπίδαις ποταμῷ θρηνεῖ παρ' Ἅλεντι Φιλήτας·
> Ἐν δὲ Συρακοσίοισι Θεόκριτος· αὐτὰρ ἐγώ τοι
> Αὐσονικᾶς ὀδύνας μέλπω μέλος, οὐ ξένος ᾠδᾶς
> Βουκολικᾶς,......

« Tous les poëtes bucoliques qui ont reçu des Muses une voix
« harmonieuse déplorent ton destin et ta mort. La gloire de Sa-
« mos, Sicélide gémit, et chez les Cydoniens le berger aux yeux
« vifs, au visage riant, Lycidas, fond maintenant en larmes, tan-
« dis qu'au milieu des habitants de Triope, Philétas pleure sur les
« bords de l'Halens, et Théocrite à Syracuse : pour moi dans
« l'Ausonie, je chante ce chant de douleur, car je connais la Muse
« bucolique. »

Ces vers, je rejette leur autorité, parce qu'ils ne sont pas de
Moschus. Les Mss. offrent une lacune après le vers 93, et les
anciens éditeurs, moins timorés peut-être que les éditeurs modernes, ne se sont fait aucun scrupule de la combler. Or

> Ἐν δὲ Συρακοσίοισι Θεόκριτος...

semble clore une série de poëtes avec le lieu de leur naissance
ou de leur séjour, et c'est sur une donnée aussi douteuse que
M. Musurus (Ed. de Junta, Venise, MDXV), s'emparant de quelques vers des *Thalysies* (VII. v. 12, 13, 20, 37, 40), se permit

d'en faire ce pastiche. Mais tous les éditeurs ne se trompèrent pas, et pour n'en citer qu'un exemple, Zacharias Calliergi, qui publia son Théocrite à Rome en MDXVI, c'est-à-dire une année plus tard, marque ces vers d'une croix et les fait précéder de ce petit correctif : Μάρκος ὁ Μουσοῦρος ἔλεγε τοιαῦτά τινα λείπειν. L'expression de τοιαῦτά τινα « quelque chose comme cela, » ne peut laisser de doute; et quoique Muret, et après lui Jos. Scaliger affirment avoir retrouvé ces vers dans *de très-anciens Mss.* (1), ils ne se sont pas encore représentés, que je sache, aux éditeurs modernes. En effet, l'imitation de Théocrite est par trop littérale, et la description de la figure de Lycidas sent singulièrement la paraphrase du σεσρώς (VII, 19, 20). Cependant les éditeurs ont suivi une marche toute opposée : c'est ainsi que nous trouvons ce passage supprimé dans les éditions d'H. Estienne de Winterton, tandis que Valckenaër et après lui presque tous les éditeurs modernes l'ont admis comme authentique dans le texte. De sorte que ces trois poëtes, Sicelides, Lycidas et Philétas, se sont classés avec le titre de *bucoliques* dans l'histoire littéraire et y resteront peut-être longtemps encore. Enfin, une preuve plus irrécusable de la fausseté de ces vers et que personne n'a relevée (2), se trouve dans une erreur de chronologie que Moschus ne pouvait pas commettre. Philétas était mort depuis longtemps lorsque Bion fut empoisonné. En effet, Bion est un disciple de Théocrite qu'il a plus d'une fois imité : or, Théocrite n'a dû voir Philétas que dans sa première jeunesse, c'est-à-dire vers l'an 285 av. J. C., puisque le poëte de Cos était déjà célèbre sous Philippe, en 340. En admettant que Philétas eût alors 30 ans, sa naissance se placerait en 370 : or, la

____

(1) Valckenaër ad h. l. — Je n'ai pu vérifier ce que j'avance sur l'édition de Junta, qui ne se trouve pas à Genève ; celle de Calliergi, qui est aussi rare et plus importante encore à cause des Scholies, est à la Bibliothèque publique.

(2) Je le crois du moins, car je n'ai pas vu le programme (dissertation) que Naecke a publié sur cette question en 1828 à Bonn.

mort de Bion, disciple de Théocrite, ne peut être antérieure à l'an **270**, ce qui donnerait au moins cent ans à Philétas. — Enfin, Méléagre dans sa *Couronne* (1) associe *Hedylus*, *Posidippe* et *Sicelides* (Asclépiade), dont les poésies sont comme « ces fleurs sauvages » qui couvrent les campagnes. Comme rien ne prouve qu'Asclépiade ait cultivé la poésie bucolique, Hedylus et Posidippe doivent être écartés avec lui; car ces « fleurs » ne sont là que pour la couronne que *tresse* Méléagre : cette expression, singulière ailleurs, est ici parfaitement juste, mais n'entraîne aucune idée de pastorale. D'ailleurs, et ce témoignage n'est pas sans importance, Suidas ne reconnaît que trois bucoliques grecs : Théocrite, Moschus et Bion.

Ainsi toutes les traditions historiques sont en défaut avant Théocrite : et quoique la pastorale se fût développée, aucun poète n'avait pu jusqu'à lui se faire un nom qui survécût à ses contemporains ou qui franchît les étroites limites de la Sicile orientale.

(1) Anthol. Palat., III, 1, 45. — Suidas s. v. Θεόκριτος.

18

VIE DE THÉOCRITE.

On trouve à la suite des Prolégomènes ou des Épigrammes ces quatre vers qui renferment à peu près ce que l'on sait de plus certain sur la vie de Théocrite :

> Ἄλλος ὁ Χῖος· ἐγὼ δὲ Θεόκριτος, ὃς τάδε γράψας
> Εἷς ἀπὸ τῶν πολλῶν εἰμι Συρηκοσίων·
> Υἱὸς Πραξαγόραο, περικλειτῆς τε Φιλίνης·
> Μοῦσαν δ' ὀθνείην οὔποτ' ἐφειλκυσάμην.

« Il est un autre Théocrite de Chio ; pour moi, de qui sont ces vers, je compte au nombre des citoyens de la vaste Syracuse : Praxagoras est mon père ; ma mère est l'illustre Philina : jamais je n'ai voulu tenter une muse étrangère. »

Mais lors même que cette épigramme semble au premier coup d'œil ne laisser aucun doute sur la naissance de Théocrite, on voit bientôt que les anciens biographes sont loin d'être d'accord sur ce sujet. C'est d'abord Suidas, dont la compilation a pour base des auteurs fort anciens (1), qui nous dit : « Théo-
« crite, rhéteur de Chio, disciple de Métrodore, disciple d'Iso-
« crate. Il écrivit des *Chries* ; il fut l'adversaire politique de l'his-
« torien Théopompe. Il existe de lui une *Histoire de Libye* et
« des *lettres admirables*. Il y eut aussi un autre Théocrite, fils

______

(1) Ces auteurs fort anciens sont, si je ne me trompe, ceux dont la rédaction actuelle des Scholies nous a conservé quelques extraits dans les Prolégomènes, et qui bien certainement ne sont pas postérieurs au cinquième siècle (V. s.), ou si l'on aime mieux les Scholies elles-mêmes, mais avant leur rédaction définitive. L'Épigramme ne faisait que reproduire leur récit.

« de Praxagoras et de Philina : d'autres disent de Simichus, Syra-
« cusain ; d'autres disent de Cos. Il passa à Syracuse ; il écrivit
« les poésies qu'on appelle Bucoliques en dialecte dorien. Quel-
« ques-uns lui attribuent aussi les ouvrages suivants : les Prœ-
« tides, les Espérances, des Hymnes, des Héroïnes, des Chants
« funèbres, des Elégies, des Iambes, des Epigrammes. Il faut
« savoir qu'il y eut trois poètes de poésies bucoliques : ce Théo-
« crite, Moschus le Sicilien et Bion de Smyrne, d'un petit bourg
« nommé Philossa. » — Puis viennent les Scholies (dont la rédaction actuelle remonte peut-être au neuvième ou au dixième siècle),
qui lui donnent Simichide pour père ou bien Praxagoras, en al-
léguant toutefois l'autorité de certains auteurs qui l'appellent
Moschus, et prétendent que le nom de Théocrite n'est qu'un surnom, dont la valeur est sans doute la même que celui de Théophraste.

Tels sont, du moins à ma connaissance, les trois principaux
témoignages de toute l'antiquité sur Théocrite : l'Epigramme,
Suidas, les Scholies. Ce champ d'investigations n'est pas, comme
on le voit, fort étendu : reste, il est vrai, les Idylles, qui sont
d'une toute autre importance.

Commençons par discuter la valeur de ces trois témoignages.

Quant à l'Epigramme, elle se réduit aux détails que donnent
Suidas et les Scholies, et je croirais volontiers qu'elle a dû
servir comme de base à leurs récits. Mais Théocrite est-il l'auteur de cette épigramme ? j'en doute, car je ne puis m'expliquer
dans quel but un poète, qui ne s'est pas nommé dans trente idylles,
où sa personnalité reparait plus d'une fois (1), versifie sa généa-
logie en quatre petits vers qu'il ajoute à son œuvre, comme un
marchand ferait d'une étiquette : et l'on serait peut-être dans le
vrai en l'estimant l'œuvre d'Artémidore, le *collecteur* présumé

______

(1) Ainsi dans la VIIe, la XVIe, la XVIIe, la XXVIIIe.

de notre recueil (**1**), qui répétait ainsi la tradition la plus vulgaire sans doute, et par suite la plus probable. La place qu'occupe cette épigramme et sa ressemblance avec celles de l'Anthologie (**2**) suffiraient seules à le démontrer.

Quant au témoignage du Scholiaste, il tourne au burlesque. Dans la VIIe Idylle, où les anciens commentateurs ont cru reconnaître Théocrite sous le masque de Simichide, le Scholiaste laisse de côté Praxagoras et Philina, et lui donne Simichide pour père, sinon il le déclare *camus* (σιμός). L'idée est digne d'un Grec du dixième siècle. — Reste le surnom de Moschus. Mais n'est-il pas probable qu'il y a eu quelque confusion entre Théocrite et son heureux imitateur, et que leurs œuvres mêlées dans le plus grand nombre des manuscrits, auront fait donner à l'auteur commun des Idylles, le plus souvent le nom de Théocrite, mais quelquefois aussi celui de Moschus (**3**)? — Quant à Suidas, il ne vaut ni plus ni moins que le Scholiaste, et j'estime qu'il a puisé comme lui à la même source, si toutefois il ne l'a pas copié (**4**). Je ne sais que dire de l'énumération des poëmes attribués à Théocrite, et je crains bien qu'il n'y ait encore ici quelque confusion de noms. Du moins, l'antiquité est absolument muette à ce sujet,

(**1**) On trouve dans les Prolégomènes ces deux vers avec ce titre assez curieux : « [Épigramme] d'Artémidore le grammairien sur la réunion « des poëmes bucoliques. » « Les muses bucoliques étaient jadis erran- « tes ; mais maintenant elles sont toutes d'une même étable et d'un « même troupeau. » Nous la retrouverons plus tard.

(**2**) Voyez la Section IVe du Delectus Epigrammatum de Jacobs, Gotha, 1826.

(**3**) Si je ne me trompe, le débrouillement des idylles est dû à H. Estienne : car je les trouve encore toutes confondues dans l'édition de Calliergi, Rome, 1516, et séparées dans celle d'H. Estienne, 1579, in-18. Cependant on cite une édition de 1565 (Bruges) de Moschus et de Bion (quæ quidem exstant omnia, hactenus non edita), tandis que les Poëtæ Græci Principes d'Estienne ne sont que de 1566. Mais ces dates ne pourraient bien se prouver que les livres sous les yeux, et je ne les ai pas.

(**4**) Voy. la note 1, p. 18.

à moins que le fragment de la Bérénice ne soit tiré des Héroïnes (1). Avouons d'ailleurs que le « Τινὲς δὲ ἀναφέρουσιν εἰς αὐ-
τὸν » de Suidas n'est pas fait pour inspirer une grande confiance.
D'où je conclus que Théocrite est né à Syracuse, que son
père s'appelait Praxagoras, sa mère Philina, son grand-père paternel Simichus (?) (2), qu'il fut le disciple de Philétas et d'Asclépiade (3), et qu'il vivait sous le règne de Ptolémée Lagus et
de Philadelphe en Égypte, et de Hiéron en Sicile, vers la
CXXIV^e Olympiade (280 av. J. C.) (4). — Ces détails, quelque restreints qu'ils soient, me paraissent fort précieux, parce
que l'examen des idylles me semble les confirmer de tout point.

Et d'abord, Théocrite affectionne deux sujets, Siciliens entre
tous, qu'il traite directement ou sur lesquels il se plaît à revenir :
les souffrances et la mort de Daphnis et les amours de Cyclope.
La XVe idylle, que l'on regarde comme son chef-d'œuvre, a pour
titre *les Syracusaines*; la XVIe est adressée à Hiéron, tyran de
Syracuse. Les Scholiastes placent le plus grand nombre des
chants amœbées en Sicile, au pied de l'Etna, et si Théocrite
quitte les campagnes de Syracuse, c'est Crotone ou Thurii que
nous voyons dans le lointain, deux villes dont les rapports avec
la Sicile étaient de chaque jour. Enfin, et ce qui est décisif, c'est
que Théocrite donne le Cyclope comme son compatriote « ὁ Κύ-
κλωψ ὁ παρ' ἡμῖν (5) », tandis que le médecin Nicias, en
remerciant son ami de l'envoi de cette idylle, le nomme Théocrite (6), et que Moschus le place à Syracuse « ἐν δὲ Συρακο-
σίοισι Θεόκριτος (7). » — Puis viennent les poëtes latins qui
l'ont si souvent imité, mais qui, chose singulière, n'ont jamais

(1) Athénée, VII, 284. A.
(2) Telle est du moins l'opinion de M. Boissonade. Id. VII, 21.
(3) Voyez les détails qui suivent et Schol. Genev. ad Id. VII, 40.
(4) Casaubon ad Argum. Id. IV.
(5) Id. XI, v. 7.
(6) Ib. in Arg. Cf. Id. XXVIII.
(7) Id. III, 94 (ou 100).

écrit son nom : Théocrite est toujours pour eux le poëte de Sicile. C'est pour ne citer que quelques noms, Virgile (?) dans l'Elégie à Messala (vv. 19, 20) :

> Dulcia jactantes alterno carmina versu
> Qualia *Trinacriæ* doctus amat *juvenis.*

ou bien dans les Eglogues :

> *Sicelides Musæ* paulo majora canamus (IV, 1).

ou

> Carmina *pastoris Siculi* modulabor avena (X, 51).

ou

> Prima *Syracosio* dignata est ludere *versu* (VI, 1).

c'est Manilius (Astron. II, 39) :

> Quin etiam pecorum ritus et Pana sonantem
> In calamos, *Sicula* memorat *tellure creatus,*

c'est l'empereur Julien : « Εἴπερ ἀληθῆ φησιν ὁ Σικελιώτης ποιήτης (1)... » — Il est inutile, je crois, d'insister plus longtemps sur le lieu de naissance de Théocrite : Syracuse est sa patrie, et non l'île de Cos, comme l'ont prétendu quelques critiques modernes sur la phrase de Suidas.

Mais toutes les idylles ne sont pas également importantes pour la vie de Théocrite : il en est même plusieurs dont il serait impossible de dégager le moindre détail : tandis que la VIIe, la XIe, la XIVe, la XVe, la XVIe et la XVIIe (2), mises en regard de

(1) Λιβανίω. Ed. de Paris, 1583, p. 152.

(2) Je ne parle pas de quelques idylles dont la scène ne peut être précisée : ainsi la IIe, que le Scholiaste place près d'Athènes et les éditeurs modernes près d'Alexandrie, car le poëte parle d'une grande ville près de la mer. Je préférerais encore Syracuse : et mon opinion se fonde sur un détail bien mince, il est vrai, mais que je crois décisif. Simætha parle d'une *lionne* comme d'un spectacle extraordinaire offert à l'admiration du peuple. Or, les Alexandrins devaient en être rassasiés, tandis qu'à Syracuse une lionne était un animal assez rare. « O docti, *doctis* parcite quisquiliis. »

quelques événements historiques, rapprochées des faits déjà connus, jettent une assez vive lumière sur la carrière de notre poète.

Théocrite, avons-nous dit, est né à Syracuse : or, dans la VIIe idylle nous le retrouvons dans l'ile de Cos. Le Scholiaste nous apprend et le grammairien Chœroboscus avec lui (1), que Théocrite était disciple de Philétas, l'un des plus grands poëtes du siècle d'Alexandre.

Callimachi manes et Coi sacra Philetæ (2)

dont l'*école* était fréquentée par un nombreux concours de jeunes écrivains. Théocrite y parait comme *auditeur* (μαθητής) : il est probable qu'il se rendait aussi quelquefois à Samos, où le poète Asclépiade était à la tête d'une *école* rivale (3) qui jetait un éclat aussi vif que celle de Philétas. Les amis de Théocrite sont quelques jeunes gens des plus anciennes familles de l'ile (4), et le confident de ses rêves de gloire et d'amour, l'ami de son cœur, c'est le chantre des Phénomènes, le célèbre Aratus (5). Unis pendant leur vie, Virgile les a fait revivre après leur mort, l'un dans les Eglogues, l'autre dans les Géorgiques, bien que leur génie les place à *un long intervalle* dans l'histoire de l'esprit humain.

Le séjour prolongé que Théocrite fit dans l'ile de Cos le fit connaitre d'un autre jeune homme dont l'influence fut grande sur une partie de sa carrière. Ce fut là qu'il se rencontra pour la première fois avec ce Ptolémée, fils de Lagus, qui fut plus tard le fameux Philadelphe, et qu'il se lia sans doute avec lui par une de ces confraternités d'études aussi puissantes

(1) Cité par Wüstemann, p. 106.

(2) Properce, III, 1, 1. Voy. sur l'âge de Philétas, Vossius, De Poëtis Græcis, chap. VII.

(3) Id. VII, 40. Schol.

(4) Id. VII, 5.

(5) Ib. 102.

dans l'antiquité que dans les temps modernes (1). Philadelphe était né dans l'île de Cos, en 301, et depuis son enfance, son père l'avait placé sous la direction du vieux Philétas (2). Il y resta jusqu'à l'âge de seize à dix-sept ans, et fut alors associé au trône par Ptolémée Lagus. Théocrite ne devait pas avoir plus de vingt à vingt-deux ans, puisque nous le retrouvons vers l'an 277 à Syracuse. Il était donc né vers l'an 305 dans cette ville. En effet, s'il est vrai, comme j'espère le démontrer, que l'idylle VIIe soit un dernier adieu que Théocrite adresse à ses maîtres et à ses amis qu'il célèbre dans leurs familles, leurs amours ou leur gloire poétique, nous devons en conclure qu'elle a été composée à Cos : mais quoique la verve d'un jeune poëte s'y fasse jour de toute part, le bonheur des expressions et les vivantes images qu'elle renferme ne permettent pas cependant de l'attribuer à un enfant. Or, on ne peut la placer qu'entre 285 et 277. Théocrite pouvait avoir de 26 à 30 ans. Toutefois les personnages allégoriques et les poëtes réels s'y mêlent d'une façon si singulière qu'il est fort difficile d'y faire la part de l'histoire et de la vérité. Sans doute les contemporains savaient bien mieux que nous ce que Théocrite semblait leur dérober sous le voile transparent de l'allégorie ; comme au temps de Virgile, Pollion et Varus reconnaissaient le poëte qu'ils aimaient, sous le hêtre de Tityre ou le vieux chêne brisé de Ménalque.

Quelle fut la fortune de Théocrite lorsqu'il se fut séparé de ses amis et de son maître Philétas ? on l'ignore ; cependant une conjecture assez plausible peut nous faire retrouver sa trace dans quelques-unes des idylles que nous avons déjà citées.

(1) Cf. Wüstemann ad Argum. Id. XVII. Il semble que ce soit une conjecture de Niebuhr : mais je ne puis la vérifier. Quel que soit son auteur, j'avoue que cette hypothèse me semble parfaitement vraisemblable. Philadelphe à Cos devait déjà réunir autour de lui les jeunes littérateurs de l'école de Philétas, comme il réunit plus tard les plus grands génies de la Grèce autour de son splendide Museum.

(2) Voy. Suidas, s. v. Φιλητᾶς.

En **280**, Alexandrie et Syracuse l'attiraient également, et de grands événements s'accomplissaient dans l'une et l'autre de ces deux villes. En **286**, Ptolémée Philadelphe, à l'exclusion de son frère ainé Céraunus, s'était assis sur le trône de son père Soter, et ce jeune prince de vingt ans animé de la passion des lettres, ne pouvait avoir oublié son condisciple de l'école de Philétas et semblait devoir élever bien haut la fortune de Théocrite. Mais la patrie du poëte avait droit à ses premiers chants; et d'ailleurs la Sicile était le théâtre d'une révolution que guidait le bras puissant d'un homme, aussi bon général qu'habile politique, et dont l'énergique persévérance venait d'arracher ses concitoyens au plus honteux des esclavages.

Dix ans avaient suffi pour anéantir et relever la puissance de Syracuse. Mænon, soutenu par les Carthaginois, remplaça le vieux Agathocles qu'il avait assassiné (**289**). Mais il fut chassé par Hicetas (**280**), et le gendre d'Agathocles, l'aventurier Pyrrhus (**278**) vint mettre le comble au bouleversement de la Sicile, en attaquant et en pillant indistinctement amis et ennemis, Carthaginois, Grecs et Mamertins. Toute l'île se réunit alors contre lui en une vaste confédération, et Pyrrhus abandonna ce *beau champ de bataille* aussi précipitamment qu'il avait fui de l'Italie deux ans auparavant (**276**).

Dans cette guerre de pirates et de brigands, un seul homme s'était élevé par son sang-froid dans les batailles et sa patience dans les revers : c'était Hiéron, vrai soldat de fortune à la solde de Syracuse (1). A peine Pyrrhus se fut-il retiré qu'il fut proclamé *stratége* (**275**) par ses concitoyens, et qu'il mérita ce titre en les menant aussitôt contre leurs éternels ennemis, les Carthaginois des villes occidentales. Vaincus en plusieurs rencontres, Hiéron les contraint d'évacuer le territoire de Syracuse et de

---

(1) Hiéron II est quelquefois cité comme le descendant du fameux Hiéron Ier : j'en doute, et ce qu'il y a de sûr, c'est qu'il était fils d'une esclave; il n'en fallait pas davantage pour le rejeter dans les derniers rangs de la société.

reprendre leurs anciennes positions derrière l'Halycus. Il s'assure de leur neutralité par une alliance et court chercher les Mamertins dans leurs repaires. Il les attaque avec son armée, les bloque avec sa flotte, s'empare successivement de leurs châteaux forts, les ruine, et après une éclatante victoire est proclamé roi par les Syracusains (271). Les années suivantes, il les consacre à poursuivre sans relâche ces brigands, et lorsqu'il les tenait assiégés dans Messine et qu'il pouvait les emporter d'assaut, les Mamertins se livrent aux Romains, qui de l'autre côté du Phare attendaient avec impatience le moment de jeter leurs légions sur la Sicile (264). Hiéron fut battu par Appius Claudius Caudex. Reconnaissant alors qu'il lui serait impossible de chasser les Carthaginois de l'île, et que s'il avait eu besoin de dix ans pour dompter les Mamertins, une lutte contre les Romains ne pouvait être que désastreuse pour son peuple et pour lui, il préféra subir sa fortune, reconnaître leur suzeraineté et conclure une paix qu'il garda fidèlement pendant les cinquante années de son règne.

Or, quelques vers de l'Idylle XVIe servent à préciser assez exactement l'époque où elle fut composée :

Ἤδη νῦν Φοίνικες,.... (v. 76 seq.)

« Déjà les Phéniciens, aux lieux où le soleil se couche, ont trem-
« blé d'effroi sur les promontoires éloignés de l'Afrique ; déjà les
« Syracusains s'arment de leurs lances et chargent leurs bras de
« vastes boucliers. Au milieu d'eux, Hiéron, semblable aux héros
« des vieux temps, ceint son glaive et se couvre d'un casque aux
« panaches flottants. » Cet appareil guerrier, ces armes, ces soldats, cet enthousiasme des Syracusains qui éclate dans les vers suivants, la terreur des Carthaginois, ne trouvent leur place que dans ces premières campagnes (274) d'Hiéron, par lesquelles il inaugura si brillamment son élévation à la suprême puissance. Mais au milieu de cet éclat et de cette ardeur martiale, pourquoi le poète est-il profondément triste? Le mystère qui couvre la première partie de cette Idylle ne sera probablement jamais bien

éclairci. Peut-être les quelques années qui s'écoulèrent depuis son départ de l'île de Cos ne virent pas ses ambitieuses espérances se réaliser : peut-être sa famille s'était éteinte dans ces tourmentes civiles, ou bien sa longue absence l'avait-elle effacé dans le souvenir de ses amis et de ses concitoyens? Ses plaintes sur l'indifférence de ses contemporains ne seraient-elles qu'un écho des douleurs homériques? car Théocrite est méprisé comme le vieil Homère : l'or est le seul dieu que l'on adore, et les *riches grossiers, avares, insolents*, ne le font plus descendre dans la froide demeure du poëte. Abandonné de tous, sa voix se perd au milieu du fracas des armes et des angoisses de l'indépendance renaissante, et ses *Grâces* (Χάριτες), c'est-à-dire ses idylles, ou ses filles, pour parler comme A. Chénier, sont partout dédaignées.

Αἱ δὲ σκυζόμεναι.... (v. 8 seq.)

« Elles regagnent en gémissant ma demeure, les pieds nus, et
« me reprochent amèrement leurs courses inutiles : puis, lente-
« ment, elles reviennent au fond de leur coffre vide s'asseoir sur
« leurs genoux glacés, immobiles et la tête penchée sur la poi-
« trine. » — On sent le froid et la nudité de la misère dans cette lugubre description : et cependant quelle gloire éclatante ne dispensent pas les poëtes? Quel guerrier peut être illustre s'il ne passe par leurs bouches? Et qui parlerait des anciens héros s'ils ne vivaient encore dans les chants de Simonide et d'Homère?

Théocrite reproche sans doute à Hiéron cette pauvreté contre laquelle il lutte vainement, et qui forme un si triste contraste avec l'opulence et le luxe de ses heureux prédécesseurs à la cour des tyrans. Mais cette idylle ou mieux cette *élégie* respire plutôt l'amertume d'un poëte aigri de longs malheurs, et maudissant le siècle où le sort le condamne à vivre, que la bassesse d'un homme, mendiant quelques oboles pour soutenir sa misérable existence. Ses plaintes furent vaines, et d'ailleurs Hiéron pouvait-il, au moment où l'existence et la liberté de Syracuse étaient remises entre ses mains, prêter une oreille attentive aux malheurs du poëte? Théocrite les renferma dans son cœur, et jetant les yeux autour de lui, il vit que pour longtemps encore le tumulte des armes couvrirait la voix de la Muse pastorale. Il quitta sa patrie.

La lutte, en effet, se prolongeait avec plus de fureur que jamais, et les Mamertins, campés à quelques lieues de Syracuse, résistant en désespérés, remettaient en question à chaque combat la liberté de la Sicile. Mais par delà les mers il y avait un royaume qui grandissait au milieu d'une paix profonde, puissant par ses armes, brillant de tout l'éclat des lettres, et dont le trône était occupé par un jeune roi « bienveillant, ami des muses, plein de « grâce et de bonté » (Id. XIV, 61). Je ne parle pas de la confraternité d'études qui l'unissait à Théocrite. Assis sur les rivages de la Sicile, le poëte syracusain avait sans doute cherché plus d'une fois du regard, et cru voir comme en rêve ces plages fortunées, plus d'une fois le moment de ce départ avait été fixé, sans que son cœur eût pu se dégager des liens qui l'unissaient à sa patrie. Enfin un jour il rencontre un de ses amis, Æschine (je suppose un instant que Théocrite est Thyonichus), auquel son visage pâle et sa moustache hérissée donnent l'air de ces misérables va-nu-pieds qui prennent insolemment le nom de Pythagoriciens. Æschine est désespéré : sa maîtresse le trahit ; le séjour de Syracuse lui devient odieux.... « Eh bien, que ne pars-tu pour « Alexandrie? lui dit Théocrite ; va servir le noble Ptolémée, il « fait cas de soldats comme toi. » Æschine s'embarqua sans doute et Théocrite le suivit. — Cette idylle (Id. XIV), en effet, me semble comme un prélude au poëme qui célèbre en termes si pompeux la grandeur du roi d'Egypte : bien accueillie, Théocrite pouvait partir ; rebutée, il restait à Syracuse. Mais son royal condisciple ne l'a pas oublié : il l'associe à cette noble pléiade de poëtes qui grandissait à l'ombre de son trône, et l'ardente reconnaissance de Théocrite passe tout entière dans les vers qu'il consacre à la gloire de son protecteur. Ses termes sont trop expressifs peut-être pour notre superbe indépendance, mais ils s'excusent, si nous les mesurons à la froide misère dont Ptolémée l'avait sorti. Et s'il célèbre avec enthousiasme cette vaste domination qui s'étend depuis les rives de la Carie aux cataractes du Nil (1), il n'a garde d'oublier cette petite ile de Cos, où Philadelphe et lui vécurent si longtemps, et apprirent à aimer, Théocrite la poésie, et Philadelphe les poëtes aux leçons du poëte Philétas.

C'est ici que doivent s'arrêter nos conjectures sur la vie de Théocrite. Les Syracusaines et le Fragment de la Bérénice nous prouvent qu'il s'est fixé dans la ville d'Alexandre, dont il chante l'opulence et la grandeur. Peut-être voulait-il tenter de loin ses malheureux concitoyens, en leur vantant ces fêtes royales, en introduisant au milieu de ces pompes deux femmes, deux provinciales de Syracuse, qui contemplent pour la première fois ces merveilles sans nombre. Mais nous n'y trouvons rien sur la vie du poëte lui-même, et les autres idylles ne peuvent donner la moindre prise aux moindres conjectures. A la mort de Bion (v. s.), un vers de Moschus semble nous représenter Théocrite à Syracuse, mais l'ἐν Συρακοσίοσιν est trop vague pour nous permettre de l'affirmer, et d'ailleurs on ne peut fixer que par conjecture l'époque de cette mort ; et dans la XXVIIIᵉ Id. ces vers :

$$\text{... ἁμετέρας εὖσαν ἀπὸ χθόνος.}$$
$$\text{Καὶ γάρ τοι πατρίς, ἂν ὦξ Ἐφύρας κτίσσε ποτ' Ἀρχίας}$$
$$\text{Νᾶσω Τρινακρίας μυελόν, ἀνδρῶν δοκίμων πόλιν,}$$

nous prouvent bien encore qu'il est de Syracuse, et que cette quenouille d'ivoire s'est fabriquée dans sa ville natale ; mais Théocrite ne dit point qu'il y soit fixé, lorsqu'il adresse à Theugénis la charmante lettre dont il accompagne son présent.

Mentionnons enfin une tradition religieusement respectée dans

_____

(1) Niebuhr, dans une dissertation sur les résultats historiques que donne la traduction de la chronique (arménienne) d'Eusèbe, a prouvé que cette idylle ne peut être antérieure à l'an **268**. Voy. Wüstemann, Arg. ad Idyl. XVII.

toutes les vies de Théocrite, qui se fonde sur ces deux vers d'O-
vide (Ibis 551, 2) :

Ut ve Syracosio præstricta fauce poëtæ,
Sic animæ laqueo sit via clausa tuæ.

Ce poëte de Syracuse, c'est Théocrite, et le tyran qui le fait étran-
gler, c'est Hiéron. Mais ce prince n'a jamais passé pour barbare,
et *Syracusius poeta* ne signifie pas nécessairement Théocrite.
L'Ibis d'Ovide paraît être à peu près tout entier copié sur la fa-
meuse satire que Callimaque lança contre Apollonius de Rhodes.
Or, il est probable que cet assassinat juridique aurait ému plus
vivement les poëtes d'Alexandrie, et que Callimaque lui-même
aurait moins rapidement indiqué le trépas de son glorieux rival.
Je ne vois dans ces vers qu'une de ces nombreuses traditions
qui circulaient depuis longtemps sur le genre de mort du fameux
Empédocle (1).

(1) Démétrius de Trœzène (Diog. Laërte, VIII, 11, 73). — Il faut reconnaître cependant qu'Empédocle est d'Agrigente, et que cette opinion
sur la mort de Théocrite repose sur un témoignage fort récent sans
doute, mais qui appartient encore à l'antiquité, sur le *Vetus Interpres*
d'Ovide (l. c.) : « Theocrito Syracusio poëtæ, qui cum in Hieronis ty-
ranni filium invectus esset, ab eo ideo est capi jussus, ut eum ad supplicium trahi simularet. Interrogatus si deinceps a maledictis desiste-
ret, ille eo acrius etiam Regi ipsi maledicere cœpit, quare indignatus
non jam ad simulatum, sed ad certum supplicium rapi jussit : quidam
laqueo strangulatum, quidam capite cæsum prodidere. » — Cette mort
serait encore plus digne d'un Épicharme ou d'un Philoxène que de
Théocrite ou d'Empédocle.

DE L'AUTHENTICITÉ DES IDYLLES.

L'incertitude qui plane sur la vie de Théocrite, les contradictions apparentes et les singularités de détail que l'on peut relever dans quelques idylles, ont fait mettre souvent en doute l'authenticité de quelques parties de notre recueil (1). Mon intention n'est pas de traiter à fond ce sujet, car il entraînerait de longs développements, et d'ailleurs cette discussion se trouve assez habilement présentée dans le travail de Wissowa (2) que nous avons déjà cité. Je n'insisterai que sur deux arguments, parce qu'ils me semblent renfermer ou dominer tous les autres, je veux dire : 1° les Manuscrits et les Scholies ; 2° le Dialecte.

I.

Les Manuscrits et les Scholies.

Le premier argument, et peut-être le plus redoutable, puisqu'on ne l'a jamais complétement réfuté, se fonde sur l'état déplorable ou les énormes lacunes des Manuscrits. On a dit : « On « ne trouve aucun manuscrit de Théocrite qui soit complet, et « presque toujours les idylles s'y lisent dans un ordre différent. « Serait-il donc bien étonnant que la XXVe s'y soit glissée par

---

(1) Le travail le plus complet sur cette question est : Reinhold , De genuinis Theocriti Carminibus et suppositicis. Ienæ, 1819. Il avait été précédé par Heinsius, Warton, Walckenaér, Reiske, Finkenstein et surtout par Eichstaedt, Adumbratio quæst. de carminum Theocriteorum ad genera sua revocatorum indole ac virtutibus. 4" Lipsiæ, 1794. — Wissowa lui-même avait eu pour guide *Spohn*, Lectiones Theocriteæ (trois programmes), Lipsiæ, 1822. J'ai eu presque tous ces ouvrages sous les yeux.

(2) Voy. p. 3.

« ex. pour être comme un complément de la XIIIᵉ ou de la
« Mégare de Moschus? De plus, en posant quelques principes,
« tels que le dialecte, la nature particulière de l'idylle, les cita-
« tions des anciens grammairiens, les imitations de Virgile et de
« Calpurnius, etc., pour juger sainement des idylles, et que ces
« principes nous conduisent à reconnaître comme douteuses la
« XIIᵉ ou la XXIᵉ, ne pourrons-nous en conclure que les co-
« pistes ne les ont mêlées aux véritables que pour grossir leur
« volume, ou sauver des fragments étrangers qui sans cette pré-
« caution auraient infailliblement péri. Enfin les idylles qui ne
« se rencontrent que dans un ou deux manuscrits, la XXIXᵉ ou
« la XXXᵉ, ne semblent-elles pas sans autre preuve condamnées
« à sortir du recueil? »

Ces arguments sont ceux avec lesquels Eichstædt et surtout Reinhold attaquent l'authenticité du plus grand nombre des idylles, et leurs dissertations ne sont que le résumé des doutes de leurs devanciers. Nous allons montrer qu'ils ne sont pas sans réplique.

Remontons d'abord à l'origine de notre recueil. — La vie de Théocrite a dû prouver que différentes idylles avaient été composées en différents pays et à des époques fort éloignées. Reste à savoir si Théocrite a jamais rassemblé ses poëmes, et s'il en a donné lui-même une édition (ἔκδοσις) pour parler en Alexandrin. On peut l'admettre en s'autorisant de l'exemple de Virgile. On peut encore mieux en douter, en songeant au titre du recueil (εἰδύλλια), aux nombreuses Anthologies qui datent de l'école d'Alexandrie, enfin à une épigramme d'Artémidore qui me semble trahir la véritable collecteur :

« Les muses bucoliques étaient jadis errantes ; maintenant
« toutes ensemble, elles sont d'une même étable, elles sont d'un
« même troupeau (1). »

Et cette épigramme m'explique en même temps le quatrième

(1) Βουκολικαὶ Μοῖσαι σποράδες ποκά, νῦν δ' ἅμα πᾶσαι
     Ἐντὶ μιᾶς μάνδρας, ἐντὶ μιᾶς ἀγέλας   (Voy. p. 24.)

vers de celle de Théocrite, sur lequel on a beaucoup discuté (1).
Artémidore en est aussi l'auteur : c'est du moins mon opinion, et
je crois qu'en disant :

Μοῦσαν δ' ὀθνείην οὔποτ' ἐφελκυσάμην,

il a voulu protéger de l'autorité de son poëte l'authenticité du recueil qu'il donnait au public, et affirmer qu'il ne s'y trouvait aucune idylle de faux aloi. Et cette interprétation devient plus évidente encore si l'on adopte la correction du Ms. de Genève :

Μοῦσαν δ' ὀθνείην οὔ τιν ἐφελκυσάμην.

Artémidore appartenait à cette grande école de critiques, qui
se formait à l'ombre de l'immense bibliothèque d'Alexandrie,
remplaçant les dons du génie par l'érudition et le goût. Il était
disciple d'Aristophane de Byzance et contemporain du fameux
Aristarque. Peut-être ne vit-il pas Théocrite ; mais son nom remplissait encore Alexandrie, et personne n'aurait osé l'usurper.
D'ailleurs, des littérateurs qui pénétraient si profondément dans
les textes les plus confus de l'Iliade ou de l'Odyssée, se seraient-ils
laissé jouer par un imposteur, ou séduire par un pastiche, quelque habile qu'il fût. L'erreur me semble impossible, à moins
qu'Artémidore ne fût le complice volontaire de cette supercherie.

C'est ainsi que s'est formé notre recueil. Quant à son histoire, nous ne pouvons que la supposer. Sous ce nom d'*Idylles*,
on avait une réunion de petites pièces, indépendantes les unes des
autres, et dont les sujets étaient très-variés. Que le caprice de
quelques littérateurs en ait exilé quelques-unes, ou que les copistes, pour diminuer la grosseur du volume, aient retranché les
dernières, qui sont aussi les plus longues : c'est un fait que je regarde comme avéré, puisqu'on le retrouve sans cesse dans l'histoire des manuscrits. D'ailleurs la diversité des genres s'y prêtait merveilleusement, et l'édition authentique d'Artémidore,

(1) Voy. pag. 20.

comme celle d'Aristarque pour Homère (*si parva licet....*), ne permettait pas que l'on attribuât à Théocrite des idylles indignes de lui. Il ne faut qu'ouvrir un catalogue de manuscrits pour s'assurer combien peu les anciens tenaient aux *OEuvres Complètes*. **Ma** mémoire peut me tromper; mais jusqu'à preuve contraire, j'affirme qu'il n'existe point de manuscrit complet d'un seul tragique, d'Aristophane, de Démosthène, de Plutarque, de Lucien, etc., à l'exception peut-être de deux ou trois volumes, l'orgueil et le trésor des plus opulentes bibliothèques : la masse, *l'ignobile vulgus*, se compose de pièces détachées et le plus souvent fort bizarrement accouplées. Je n'en veux qu'un exemple. Dans le manuscrit de Théocrite K (Milan), on trouve les Phéniciennes, les Perses, trois comédies d'Aristophane, Lycophron, Hésiode, quelques odes de Pindare, Oppien, Denys le Périégète et dix-sept idylles de Théocrite. Comment tirer un argument sérieux de ce véritable *farrago*?

Ainsi l'histoire des *Idylles* est celle de tous les recueils de ce genre; d'abord réunis en un corps, les membres du poëte se dispersent çà et là, au caprice des copistes ou des lecteurs; et pour que rien ne manque à cette confusion, ces petits poëmes tombent dans le domaine des écoles, et les grammairiens les font servir de texte à leurs leçons sur le dialecte, le style poétique et les mètres. Arrivent alors les Scholies, qui ne s'étendent que sur les seize premières idylles. N'est-il donc pas de la dernière évidence, disent nos adversaires, que les grammairiens ne tenaient guère pour authentiques les quatorze dernières, puisqu'ils n'ont pas daigné les commenter? A ce compte, il y aurait neuf tragédies d'Euripide et deux comédies d'Aristophane qui seraient de sots pastiches, puisqu'elles sont complétement vierges de toute Scholie et de toute note antique. Cette singularité s'explique de la manière la plus simple. Les grammairiens, persuadés que les idylles de Théocrite renfermaient les modèles les plus parfaits de la poésie pastorale, les ont cherchés et les ont trouvés dans les seize premiers poëmes, sans s'inquiéter des quatorze derniers, de même que sur les dix-huit tragédies d'Euripide, ils en ont laissé neuf sans motif autre que celui que j'indique. Mais il est certain que les autres idylles ont été commentées antérieurement au dixième siècle, et ce qui le prouve, ce sont quelques fragments assez importants qui nous restent des Scholies de la XVIIe et de la XVIIIe Idylle (1). Si le reste s'est perdu, la faute en est au *tempus edax*, et surtout aux grammairiens qui les ont négligées pour ne s'occuper que des premières. Ce fait sert d'explication à un autre argument que Reinhold présente comme péremptoire. Les anciens Lexicographes, Scholiastes ou autres, ne citent jamais les dernières idylles. Qu'y a-t-il là d'étonnant, puisqu'ils n'avaient entre les mains que les informes copies que l'on donnait à Constantinople pour Théocrite tout entier, et d'ailleurs le fait n'est absolument vrai que pour la XXe, la XXIIIe, la XXVIIe et la XXXe, qui ne se trouvent alléguées nulle part. De plus, ces recherches ont des lacunes, car l'amas des grammairiens et des scholiastes byzantins est loin d'être dépouillé (2).

Enfin plusieurs manuscrits confondent, dit-on, Théocrite, Bion et Moschus, et quelques idylles portent indifféremment en tête

(1) Il en est de même d'Euripide. Les Scholies des Troyennes et du Rhésus n'ont été publiées qu'en 1821 d'après un Ms. du Vatican.

(2) En fait de citations, on regarde comme un excellent argument les imitations de Virgile qui se concentrent dans les seize premières idylles. « Cur vero ex omnium reliquorum serie ne unum quidem versum petiverit, nisi de horum origine interpretum dubitationem jure exortam, admodum mirandum diceremus. » Reinhold, p. 40. L'argument est faux, suivant moi : car Virgile n'avait probablement étudié, comme tous ses contemporains, que ces seize premières idylles qui passaient pour les chefs-d'œuvre du genre, et d'ailleurs il retomberait sur Hylas, Thyonichus et les Syracusaines, que personne n'a jamais attaqués. L'assertion du reste est plus que singulière quand on rapproche ces vers (Virgile, Eclog. VIII, 101 seq.) :

> Fer cineres, Amarylli, foras, rivoque fluenti
> Transque caput jace : ne respexeris. His ego Daphnin
> Aggrediar : nihil ille deos, nil carmina curat.

36

les noms de ces trois poëtes. Il faudrait d'abord prouver que sur les trente idylles de Théocrite, il y en ait une seule attribuée par un seul manuscrit à Bion ou à Moschus ; du moins les variantes des éditions de Gaisford et de Gail n'en font pas la plus légère mention. Que les copistes au contraire aient donné deux ou trois de leurs idylles à Théocrite, rien de plus simple à mon avis (1). Leur nom disparaissait sous l'éclat dont brillait celui de leur premier maître, et cette confusion elle-même n'est pas la moindre preuve de leur génie poétique. D'ailleurs ces exemples sont rares et ont trait bien moins à Théocrite qu'à Bion et à Moschus, dont les idylles sont en effet fort souvent confondues.

II.

Du Dialecte.

Une seconde classe d'arguments, décisifs pour certains critiques qui laissent de côté la question des manuscrits, se tire du *Dialecte.* « Théocrite, disent-ils, est un poëte dorien, et ses « principales idylles sont écrites dans ce dialecte. Ainsi toutes « celles où dominera l'ionien et l'éolien seront d'avance con- « damnées, qu'elles se trouvent dans les seize premières, com- « me l'Aïtès, ou dans les quatorze dernières, comme les Dios- « cures (2). »

de ceux ci (Théocr. Id. XXIV, v. 91 seq.) :

> Ἦρι δὲ, συλλέξασα κόνιν πυρός, ἀμφιπόλων τις
> Ῥιψάτω εὖ μάλα πᾶσαν ὑπὲρ ποταμοῖο φέρουσα
> Ῥωγάδας ἐς πέτρας ὑπερούριον, ἂψ δὲ νέεσθαι
> Ἄστρεπτος.....

Voy. H. Steph. Observ. in Virgil. et Theocr. p. 118, à la suite de l'Édit. de 1579, in-18°.

(1) Comme par ex. l'élégie sur la mort d'Adonis, que tous les manuscrits mettent sous le nom de Théocrite, quoiqu'elle soit bien sûrement de Bion. (Comp. vv. 69 et 70 de la IIIe Idylle de Moschus avec le v. 12 de la mort d'Adonis. Voy. aussi p. 20, n. 3.)

(2) Reinhold, p. 44 seq.

La question des dialectes est peut-être la plus délicate et la plus difficile de toutes celles que les grammairiens modernes ont abordées, et les philologues les plus éminents de l'Allemagne sont loin de tomber d'accord sur une multitude de faits, opposés en apparence, et qui se justifient cependant par l'autorité des meilleurs manuscrits. Dans cette incertitude, il semble que la critique ne devrait s'appuyer qu'en désespoir de cause sur les arguments que présentent les dialectes. Il n'en était pas de même, il y a cinquante ans : on traitait fort durement tous les textes qui semblaient ne pas vouloir se plier aux règles de Grégoire de Corinthe : la XIIe Idylle, par exemple, était déclarée dorienne, puisqu'elle était d'un poëte dorien, et malgré les manuscrits, malgré les premières éditions, on en proscrivait tous les mots qui ne se prononçaient pas la bouche largement ouverte (πλατιασμός). Les critiques sont aujourd'hui plus circonspects : ils collationnent les manuscrits et constituent un texte, non plus sur leur caprice, mais sur la vraisemblance des leçons, « illorum (Bucolicorum) versus tractavi timidius ac diligentius, magnam ducens « rationem Codicum, et circa Doricam orthographiam multo minus quam olim anxius (1). » L'aveu de M. Boissonade est formel : et Wüstemann, Meinecke et Mühlmann ont suivi le même système. De là les nombreuses formes ioniennes qui sont rentrées dans le texte des idylles.

Mais les poëtes de l'école d'Alexandrie avaient-ils un ou plusieurs dialectes spéciaux, avec leurs règles déterminées, une lexicologie bien distincte et des formes grammaticales parfaitement complètes, des langues en un mot ? Il est permis d'en douter. Ils semblent plutôt éclectiques, et sacrifient surtout à l'euphonie, et quelquefois même, il faut l'avouer, à la nécessité du vers. C'est ainsi qu'ils parvinrent à concilier les lois immuables qui dominaient tous les genres de poësie, avec l'oreille qui semblait exiger

____

(1) Boissonade, Præf. ad alteram Theocrit. Edit. Paris, 1837, Hachette.

parfois des sacrifices. Théocrite en offre un exemple frappant. L'*Aïtès* est un sujet lyrique, les *Dioscures* rentrent dans l'épopée : or l'ionien est formellement consacré à l'élégie par Simonide et au poëme héroïque par Homère. Théocrite adopte donc le vieux ionien ; mais la critique de l'école d'Alexandrie et les travaux dont Homère était alors l'objet, l'avaient déjà singulièrement modifié, et lui-même le soumettant à son génie, le rend plus vigoureux et plus expressif par le mélange d'un grand nombre de formes doriennes. Et c'est ainsi que ces textes se sont hérissés de mille difficultés, puisqu'ils ne relèvent en définitive d'aucun dialecte, et que de nombreuses éditions se sont suivies, sans jamais se ressembler. Les manuscrits eux-mêmes, quelque bien collationnés qu'ils soient, ne lèveront jamais ces incertitudes, puisque le plus grand nombre ne craint pas d'intituler les idylles douteuses Ἰαδ: ἤ Δωρίδ:.

M. Mühlmann (1) a tenté de déterminer, dans un excellent travail, les règles du dialecte bucolique. Il y a réussi, je crois, autant qu'un homme peut réussir dans un sujet, où les exceptions sont presque aussi nombreuses que les règles, et où il faut avoir perpétuellement recours aux manuscrits, dont les collations sont plus ou moins douteuses. Je ne les exposerai pas après lui. Mais s'il résulte un fait avéré de ce travail, c'est la singulière influence d'Homère sur Théocrite et ses imitateurs. Non-seulement son génie et ses idées les dominent partout, mais la forme même dont il les a revêtues. Hermann a prouvé ce fait d'une manière irrécusable pour Pindare (2). Théocrite a subi comme le poëte de Thèbes l'irrésistible ascendant de

> ce langage aux douceurs souveraines
> Le plus beau qui soit né sur des lèvres humaines.

(1) Mühlmann, Leges Dialecti qua Poetæ Bucolici usi sunt. Libri tres. Lipsiæ, 1841. La seule chose que l'on puisse reprocher à cet ouvrage est la multitude des fautes d'impression qui en rend quelquefois l'usage assez pénible.

(2) Dans ses Opuscules, tome I, p. 246 et suiv.

Ce principe posé, une étude attentive fait bientôt reconnaître quelles sont les idylles où domine le dialecte dorien, modifié par le dialecte épique, et celles où domine le dialecte épique modifié par le dialecte dorien. Entre toutes les idylles, les plus doriennes sans nul doute, sont I—XI, XIII, XIV, XV ; puis viennent celles où le dialecte épique tend à reparaître et usurpe fréquemment la place des vocables doriens : XVIII—XXI, XXIII, XXVI, XXVII, XXX, tandis que l'Idylle XXV, où le dialecte épique règne à peu près sans partage, se lie à celles-ci par la XIIe, XVIe, XVIIe, XXIIe, XXIVe, où les formes doriennes reparaissent en assez grand nombre (1). — On voit donc sur quelles fragiles bases reposaient les arguments si souvent répétés, et présentés quelquefois comme irréfragables, de tous ces critiques qui ont voulu porter la lumière dans ces ténèbres philologiques, et renverser ce que nous avions si longtemps admiré sur la foi des anciens, sur l'autorité de tous les manuscrits et sur les témoignages réunis de la science et du goût.

(1) Ce qui m'étonne c'est que plusieurs critiques se soient toujours servis de cet argument du dialecte, lorsque Hermann en 1809 avait dit : « At ne Theocritus quidem ubique aut Doricam Dialectum, aut eumdem Dorismum admisit, sed hujus rei fines qui monstraret, *præsertim in tam corrupto scriptore*, non dum inventus est. » (Ibid.) — Voyez sur toute cette question des dialectes, les opuscules d'Hermann, et surtout tome I, *Observationes de Græcæ linguæ Dialectis*, p. 129 et suiv. Après H. Estienne, dont les travaux sur le dialecte attique ne seront jamais surpassés, Hermann est celui de tous les philologues modernes qui a pénétré le plus avant dans ces questions si délicates.

ÉTUDES SUR QUELQUES IDYLLES.

IDYLLE I.

Thyrsis ou le Chant.

Le cadre dans lequel se renferme cette première idylle est extrêmement simple. Deux bergers se rencontrent, un chevrier et Thyrsis, tous deux chantres excellents, tous deux prêts à faire entendre leurs voix, en s'accompagnant du syrinx, aux bords de la cascade, au pied de la colline des Nymphes. Mais c'est à l'heure de midi que Pan se repose fatigué de sa chasse, et le chevrier n'ose chanter de peur d'attirer sur son troupeau la colère du dieu. Remarquons en passant que les chevriers de Théocrite ne se montrent pas toujours aussi respectueux envers leur protecteur, et que pour eux, comme pour tous les gens à croyances faciles, il était avec lui des accommodements; que dis-je? ils le traitaient avec assez peu de façon. « Par les Nym- « phes, veux-tu sur ta flûte double me jouer quelque chose de « gai? Pour moi, je prendrai mon syrinx,... plaçons-nous près « de cet antre et réveillons le dieu Pan (1); — et si tu exauces « ma prière, ô mon cher Pan, puissent les jeunes Arcadiens ne « plus te fouetter avec des orties et les flancs et le dos, lorsque « la chasse a trompé leurs désirs (2). » — L'excuse du chevrier

(1) Epigr. V°. L'avant-dernier vers diffère suivant les éditions.
(2) Idylle, VII. 107.

serait donc assez mauvaise, s'il ne désirait entendre son ami lui chanter les douleurs de Daphnis, et pour faire oublier à Thyrsis la colère du dieu, il lui donne une large coupe, un des chefs-d'œuvre peut-être de l'Alcimédon de Virgile (1), un vrai *cyssibion*, « dont ne sert jamais habitant de la ville, mais que connaissent « bien gardeurs de porcs, bergers et paysans (2). » Mais certes quelle que fût la délicatesse d'un citadin, il n'aurait pas dédaigné cette merveille de l'art. Sous ses bords, que forme une guirlande de lierre et d'immortelles (?), se voient une coquette dont le sourire et les signes font le désespoir de ses amants, un vieux pêcheur qui lance son filet, une belle vigne que garde un jeune enfant et que dévastent les renards. Mais si grande que soit sa beauté, le chevrier la cède sans regret à Thyrsis s'il veut lui chanter la chanson de Daphnis.

Quel est donc ce Daphnis, dont le nom revient si souvent dans Théocrite et dans Virgile? Ce n'est pas un Tityre, un vulgaire Corydon, c'est bien plutôt le héros des bergers. Pour quelques-uns (3), Daphnis est un personnage historique, un poëte, le premier poëte même, antérieur à Homère: tandis que pour d'autres (4), ce n'est plus qu'un *berger distingué*, ou même un héros mythique (5), dont l'histoire, appartenant tout entière aux fables religieuses, est susceptible, comme elles, de plusieurs interprétations (6).

(1) Virg. Eclog. III, 37 et 44. Virgile imite dans ces deux passages quelques traits de la description de Théocrite.

(2) Asclépiade cité par Athénée, XI, p. 130, Ed. Tauchn. — Voyez les deux articles de M. Letronne sur les *noms des vases* et leurs *formes*, Journal des Savants, 1833, p. 304 et 615.

(3) Voy. surtout la dissertation de l'abbé Goulley, Mém. de l'Acad. des Inscriptions, t. V, p. 86.

(4) Hardion, ibid. t. VI, p. 459.

(5) Van Lennep, Fréd. Jacobs, Welcker.

(6) Dans tout ce qui suit, j'ai laissé de côté les imaginations de l'abbé Goulley et de quelques autres commentateurs, qui bien certainement ont pris leurs rêveries pour la réalité.

Diodore (1) nous décrit le lieu de la scène. « On trouve en « Sicile les monts Héræens, qui forment, dit-on, la plus déli- « cieuse retraite que l'on puisse choisir contre les ardeurs de « l'été. » Puis viennent des sources limpides, des arbres de toute espèce, des chênes, des fruits exquis, des vignes et des pommiers innombrables et si fertiles qu'ils nourrissent, sans s'é- puiser, une armée de Carthaginois. Enfin, au cœur de ces mon- tagnes se trouve un vallon enchanté, et ce bocage consacré aux nymphes où, dit-on, naquit Daphnis.

Tout ce magnifique paysage me semble bien poétique, et sans parler de ces monts *Héræens*, dont les géographes cherchent en- core la position (2), et de ce Sicilien qui dit φασίν, en décrivant un lieu si célèbre dans sa patrie, je croirais volontiers que Dio- dore avait sous les yeux quelque poète, Stésichore peut-être, car il n'affecte pas ordinairement le style des lyriques. Au reste, la tradition qu'il suit est celle de Timée et d'Ælien (3), qui l'ont transmise avec quelques modifications aux Scholiastes et à Servius (4).

Le savant Hardion a réuni toutes ces notions éparses et en a composé un petit roman qu'il intitule : *Histoire du berger Daph- nis*. Il y parle « de la résolution qu'il prit d'embrasser la pro- « fession de berger » et « des objets sur lesquels roulaient prin- « cipalement ses chansons. » Mais comme j'ignore les sources où Hardion a puisé ces singuliers détails, je me contenterai de dire que Daphnis eut pour mère une nymphe, et que son père était, dit-on, Hermès, dieu protecteur des bergers : il fut exposé dans le vallon dont parle Diodore, sous des lauriers, et des

(1) Liv. IV, chap. 84, édit. Didot.
(2) Voy. surtout d'Orville, Sicilia Antiqua, t. I, pag. 27 et suiv. Si je ne me trompe, le nom de ces montagnes ne se retrouve que dans Vibius Sequester, p. 8 et 94, ed. Oberlin, et ce passage lui-même est, à ce qu'il paraît, sujet à contestation.
(3) Voy. dans les *Prédécesseurs de Théocrite* ces divers témoignages.
(4) Id. V et VIII. Voy. ci-dessous.

abeilles l'y nourrissaient de leur miel, lorsque des bergers frappés de ce prodige l'adoptèrent comme leur enfant, et lui apprirent, avec Pan (1) et les Muses, à chanter et à jouer de la flûte. Mais ici les traditions se séparent : presque tous les mythographes semblent suivre Stésichore, tandis que l'Idylle de Théocrite remonte à un autre ordre de faits, dont l'origine nous est inconnue.

Daphnis, suivant Stésichore, n'eut longtemps d'autre passion que la chasse et ses troupeaux, et ne connut d'autres divinités que la chaste Diane et Pan, son premier maître. Mais une nymphe (2) éprise de sa jeunesse et de sa beauté, lui fait jurer un éternel amour, et Daphnis consent à perdre la vue, s'il viole son serment. Longtemps il resta fidèle à sa promesse ; mais la *fille du roi* le vit, l'aima, l'enivra de vin doux, et Daphnis eut les yeux crevés comme Thamyris, Tirésias, ou le Lycurgue de Thrace. Il mourut, dit-on, de douleur (3), ou bien il se précipita d'une roche escarpée (4). La douleur de ses chiens, les chèvres qui le pleurent sur les bords de l'Himère (5), sont peut-être un reflet du poëme de Stésichore.

Le Daphnis de Théocrite, par suite de l'obscurité qui règne sur la tradition originale, a suscité de nombreuses discussions ; mais il en est trois que recommandent entre toutes les noms de leurs auteurs, Van Lennep, Fr. Jacobs et Welcker.—Van Lennep (6) ne veut chercher l'explication du Daphnis que dans l'Idylle elle-même ; car ailleurs il n'existe aucun fait, dit-il, qui puisse

(1) Servius ad Egl. V, v. 20... quem Pan Musicam docuisse dicitur.

(2) Tous ces détails sont empruntés aux auteurs que nous avons déjà cités et surtout à Servius, mais au Servius des éditions modernes ; car les anciennes ne donnent que des parcelles de faits, où l'on ne trouve à peu près rien.

(3) Philargyrius ad Eglog. V, v. 20.

(4) Schol. Theocr. VIII, 92.

(5) Theocr. Id. VII, 54.

(6) Van Lennep in Comm. classis tertiæ Instit. reg. Belg. 1820, p. 157 et suiv.

jeter quelque lumière sur cette tradition. Daphnis est la victime d'un châtiment injuste. Son crime est son insolente aversion pour Vénus et l'Amour, qui, pour se venger de son orgueil, lui inspirent une passion que la *jeune fille* (κόρα) ne partage pas et qui le conduit rapidement au tombeau. De là le deuil de la nature, les cris de douleur des bêtes féroces et la pitié profonde qu'il inspire à Priape, à Hermès. Enfin, les suprêmes paroles de Daphnis et l'audace indomptable qu'elles respirent, confirment aux yeux du savant hollandais l'idée qui domine toute cette composition, la lutte inégale de l'homme et de la divinité, la mort de l'homme et son triomphe dans cette mort.

Fr. Jacobs (1) estime la tradition plus simple. Daphnis, comme un autre Hippolyte, s'est vanté d'ignorer l'amour et de le mépriser. Vénus se venge également de son orgueil, en lui mettant au cœur une passion, que la *jeune fille* partage, mais contre laquelle il s'obstine à lutter, qui le terrasse enfin et qui le précipite au tombeau. Mais en expirant, Daphnis insulte encore l'Amour, et jusqu'aux enfers il sera le tourment éternel de ce dieu (2).

Welcker (3) croit que Van Lennep et F. Jacobs se trompent également. Daphnis est coupable : au mépris de Vénus, il abandonne cette Echenaïs, qu'il avait épousée au sortir de l'enfance (4), et depuis ce moment il résiste à toutes ses séductions. L'Amour ne l'effraie pas, mais il fuit Echenaïs (5). Vénus se charge alors de son châtiment. Il s'éprend d'une autre nymphe, qui le méprise, comme il a méprisé sa femme, et il expire dans une langueur mortelle.

(1) Dans son Ed. de l'Anthologie de Brunck, Théocrite, Id. I, et dans l'édition de Wustemann, ibid.

(2) Idyl. I, v. 103 et suiv.

(3) Voy. *Prédécesseurs de Théocrite*, page 4, note 2, à la fin.

(4) Idyl. I, v. 82. Comp. avec Idyl. VII, 82, et Idyl. VIII, 93. Appendice ibid.

(5) Idyl. VIII, 93. Schol. Timée cité par Parthenius, v. s. Servius ad Eclog. VIII, v. 68.

Cette dernière interprétation, quoique en apparence assez subtile, me semble préférable aux deux premières. Elle n'explique pas encore toutes les obscurités de Théocrite ; cependant elle substitue plusieurs sens excellents à des traductions inintelligibles (1), et de plus, elle peut s'appuyer en partie sur le témoignage de Servius (2).

Virgile a-t-il suivi Stésichore ou Théocrite? Dans une question si souvent controversée, je n'oserais prétendre être seul dans le vrai, mais la Ve Eglogue ne me paraît pas empruntée, au moins directement, de l'Idylle de Théocrite, à l'exception peut-être de quelques détails (3), et je ne puis y voir avec presque tous les commentateurs une allusion quelconque à la mort de César. Le *crudeli funere* s'applique également à la mort de Daphnis ; et d'ailleurs Virgile était trop bon courtisan pour envelopper d'un triple voile ses allégories et surtout une apothéose, présage de celle d'Auguste. Je suis donc persuadé que, si le temps ne nous eût pas envié l'élégie de Stésichore, le Daphnis de Virgile n'aurait rien d'embarrassant pour nous (4). La Xe

(1) Par exemple : Les vers 98 et 99, où le verbe λογίζω embarrasse tous les commentateurs. C'est un terme de palæstre qui signifie dans son sens ordinaire *donner un croc en jambe et renverser*. Daphnis, en quittant Echenais, a cru pouvoir lutter contre l'Amour ; l'Amour le terrasse aujourd'hui. — Dans le discours de Priape (v. 82), ἁ Κώρα doit s'entendre encore de cette même Echénaïs que Daphnis abandonne et qui le cherche au bord de toutes les sources, au fond de tous les bois : ζατεῦσα forme donc un sens excellent et qui rend inutile les innombrables corrections qu'a subies ce passage. — Du reste, je ne puis comprendre comment Heinsius (cf. Walckenaër, l. c.) a pu prêter à la jeune fille le discours du dieu des jardins : Ἁ δύσερώς τις....

(2) Hunc igitur quum Nympha Nomia amaret et ille eam sperneret, et Chimæram potius sequeretur.... Servius ad Virg. Ecl. VIII, 68.

(3) Vv. 25 et suiv. Théocr. ibid. vv. 71 et suiv. — Comp. aussi Théocr. Id. VIII, v. 71 et Virg. Egl. V, 71.

(4) On a dit : « Mais cette apothéose elle-même ne prouve-t-elle

Eglogue, au contraire, appartient presque en entier à Théocrite, et si je ne me trompe, elle confirme encore l'ingénieuse explication de Welcker (1).

Ainsi dans la tradition de Stésichore, Daphnis expiait subitement son crime par la perte de ses yeux et bientôt par sa mort, vengeance de la nymphe offensée. Dans la tradition de Théocrite, c'est Vénus qui se charge de la punition du coupable, et bientôt il succombe aux tourments d'un amour insensé. Celle de Stésichore est la plus ancienne et la plus naturelle ; celle de Théocrite repose tout entière sur la croyance moderne de l'*Anteros* (2).

C'est ainsi que Daphnis est devenu le héros des bergers : berger lui-même, il entre en lutte avec une déesse, il se vante de l'avoir vaincue. Et ce chant de Thyrsis n'avait-il pas pour ori-

pas qu'il s'agit ici de César et non de Daphnis ? » Non, car s'il est vrai que Servius ait suivi la tradition de Stésichore, cette apothéose appartenait au poëte d'Agrigente : « (Daphnis) in auxilium patrem « Mercurium invocavit, qui *eum in cœlum eripuit*, et in eo loco fon- « tem elicuit, qui Daphnis vocatur, apud quem *quotannis* Siculi sa- « crificant. » Servius, Eclog. V, v. 20.

> Pocula bina novo spumantia lacte *quotannis*
> Craterasque duo statuam tibi pinguis olivi.
>
> (Ib. v. 67.)

Au reste, ces offrandes étaient celles que l'on faisait aux héros, tandis que César était alors considéré comme le plus puissant des dieux, et si Virgile, dans l'Eglogue I (v. 8 et 44), immole des agneaux sur les autels d'Auguste (Voy. aussi Géorg. III. 23), je doute qu'il se fût contenté pour César de deux coupes d'huile et de lait écumant.

(1) Le cadre est le même dans la première partie de l'Eglogue. C'est Gallus qui périt consumé par un cruel amour : puis viennent les bergers Apollon, Silvain et Pan, qui essaient, mais en vain, de le consoler. Dans le tableau de l'égarement de son ami, Virgile me semble s'être rappelé les premières scènes de l'Hippolyte d'Euripide.

(2) Voy. Narcisse (Philostrate, Imagg. I, 23) et Smyrna (Apollod. III, 14, 4).

gine quelque chanson de pâtre sicilien ? Aurait-il été chanté pendant ces sacrifices solennels dont parle Servius (1) ? Il a toute l'impétuosité du génie méridional unie à la variété du génie grec : la grâce de l'idylle s'y mêle à la douleur de l'élégie ; mais quelle que soit leur couleur locale, on voudrait en effacer les discours si singulièrement consolateurs de l'impudique dieu des jardins. Partout ailleurs on y retrouve l'énergique tableau de cette lutte, si familière aux anciens poëtes, où s'engage l'âme humaine contre la souveraine puissance des Olympiens, et cette inflexible volonté qui triomphe des tourments et de la mort ; et si cette comparaison n'est pas trop ambitieuse, si l'humble idylle de Théocrite peut se mettre en regard d'une œuvre gigantesque, quand le Titan Prométhée, prêt d'être foudroyé par Jupiter, s'écrie : « Qu'il me précipite impitoyablement dans le Tartare ! qu'il « livre mon corps aux irrésistibles tourbillons de la nécessité : « n'importe, il ne pourra me donner la mort (2). Ne semble-t-il pas que cet effrayant combat inspire Théocrite, lorsque son Daphnis insulte si durement Vénus : « Détestable Cypris, odieuse « Cypris, Cypris qu'abhorrent les mortels, tout m'annonce que « c'est le dernier soleil qui se couche pour Daphnis (3) ; mais « Daphnis, même aux enfers, sera le tourment de l'amour. » — Puis viennent ses adieux à toute la nature, aux loups, aux lynx, et aux ours qui rugissent de douleur dans les forêts, à la fraîche Aréthuse, aux fleuves qui se précipitent dans le Thymbris.

Mais c'est vers Pan, c'est vers le dieu des bergers, son maître, que volent ses dernières pensées : c'est à lui seul qu'il remettra sa flûte que le dieu seul est digne de recevoir de ses mains défaillantes.

Le tableau qui termine ces plaintes est un de ceux que les anciens poëtes ont le plus affectionnés, mais qui pour nous sont

(1) Voy. note 1, p. 46.
(2) Æsch. Prom. v. 1051, Didot.
(3) Ibid. v. 101 seq. J'ai suivi dans cet avant dernier vers l'interprétation la plus ordinaire.

tombés dans l'inexorable lieu commun. La mort cruelle de Daphnis va bouleverser la nature : les fleurs perdront leur éclat, les arbres seront dépouillés de leurs fruits, et le hibou sur les montagnes défiera le rossignol :

Certent et cycnis ululæ, sit Tityrus Orpheus.

Daphnis est mort : le chant de Thyrsis s'arrête, et de la coupe promise il verse en l'honneur des Muses une libation de lait pur.

Une autre tradition place Daphnis en Phrygie, chez le roi Lityerse. (Cf. X^e Id. v. 43, Suidas s. vv. Λιτυέρσης, ἀκοστήσας. Casaubon, ad Sosibii (?) fragm. in Lection. Theocr. pag. 389. Hermann, Opuscula, tom. I, pag. 53). Mais tous ces détails me semblent tenir singulièrement de la parodie. Des voleurs ont enlevé la maîtresse de Daphnis et l'ont vendue à Lityerse : Daphnis veut la sauver ; mais vaincu par son rival dans la coupe des blés, il est sur le point d'avoir la tête tranchée sur les gerbes qu'il a faites, lorsque Hercule (*maximus ultor*) arrive, tue le ravisseur, rend à Daphnis sa *Grosse* (Piplea), et l'établit dans le palais du roi (1). Plus tard cette tradition se confond avec les deux premières ; de la l'épithète de *Idæus* qu'Ovide donne à Daphnis (Met. IV, 277), les leçons que Marsyas reçoit du berger sicilien et le titre du drame de Sosithée : *Daphnis ou Lityerse ;* voy. Athénée, X, p. 9, Tauchnitz, et Idylle VIII, v. 93. Schol. La présence de Marsyas n'indiquerait-elle pas quelque drame satirique ?— Voy. Welcker, ibid. Magnin, Les Origines du théâtre moderne, I, p. 159.

(1) Sed Hercules miseratus Daphnidis et audita conditione certaminis, facem ad metendum accepit, eaque caput regi amputavit : ita Daphnim periculo liberavit, et ei *Pipleam*, quam alii *Italiam* dicunt, reeddidit : quibus, dotis nomine, aulam quoque regiam condonavit, ferali sopito metendi carmine (certamine ?). *Servius.*

IDYLLE II.

La Magicienne.

« J'ai ouï dire à M. Racine, si bon juge et si grand maître en
« cette matière, qu'il n'a rien vu de plus vif et de plus beau dans
« l'antiquité que la Magicienne de Théocrite (Longepierre). »
Cette admiration de Racine n'a rien qui doive nous surprendre,
et la douloureuse passion qui remplissait d'orages intérieurs les
premières années de sa carrière, suffirait seule à l'expliquer. Déjà,
sous César, le spirituel introducteur des Alexandrins à Rome,
Catulle, avait traduit ou plutôt imité cette idylle, sans doute
comme la *Chevelure de Bérénice* de Callimaque, ou l'*Epithalame
de Thétis et de Pélée* (1). Mais ce poëme pâlit et disparut peut-
être devant la VIIIe Eglogue de Virgile et les sublimes emporte-
ments de Didon, tandis que l'Idylle de Théocrite et ses énergi-
ques inspirations, admirées dans tous les temps avec transport,
ont laissé une trace profonde, qui va depuis la Didon de Virgile
à l'Armide du Tasse et à la Circé de J.-B. Rousseau.

On sait l'influence que la magie exerçait sur les Grecs. Leur
imagination ne pouvait rester emprisonnée dans le cercle étroit
de la réalité. Elle franchissait sans cesse ses limites, et s'enfon-
çait aventureusement dans ce monde invisible que tant de sages
ont vainement essayé de sonder. La magie leur venait de l'Orient,
et les premières traditions héroïques nous montrent Médée, quittant les rives du Phase, et de ses meurtres exécrables épouvan-

---

(1) L'*Epithalame de Thétis et de Pélée* appartient bien certainement
à quelque poëte grec, à moins que Catulle n'ait pris çà et là plusieurs
fragments et ne les ait réunis en un poëme unique, ce que semble prouver le peu de proportion des différentes parties qui le composent. —
Hinc Theocriti apud Graecos, *Catulli* apud nos, proximeque Virgilii, in-
cantamentorum amatoria imitatio. Plinius, Hist. Nat. XXVIII, 4. Brotier.

tant la Thessalie et Corinthe. Dès lors, les cérémonies magiques se multiplièrent : Circé, Périmède, Ulysse, Tirésias, Chiron, les fils d'Esculape, les mettent au service de leurs passions ou les consacrent à la guérison de leurs semblables, et mille ans plus tard elles remplissent encore tous les romans qui se succèdent du second au douzième siècle. Cependant la magie, suivant l'histoire et les traditions des poëtes, se développe, atteint sa perfection en Thessalie, et de là se répand au milieu des populations doriennes, dont le caractère, plus énergique et plus sombre que celui des Ioniens, était plus accessible à ses mystérieux appareils. Bientôt elle devient cruelle : les tombes sont violées, des enfants égorgés, les assassinats et les empoisonnements se multiplient, et les lois commencent à sévir contre ces criminelles Canidies, qui ne reculent plus devant le sang et le meurtre. Démosthène lui-même, le grand Démosthène, descend sur la place publique, accuse la prêtresse Théodoris (1), « cette infâme « magicienne de Lemnos » et la fait condamner à mort ! De l'Asie et de la Grèce, ce fléau envahit Rome et toute l'Italie, et le fameux sénatusconsulte *De Bacchanalibus* fut impuissant pour arrêter ces effrayants désordres. Il décrétait cependant la *mort* contre tous ceux qui seraient surpris *assistant* à ces mystérieuses cérémonies (2). La loi des XII Tables punissait déjà du dernier supplice celui qui aurait *enchanté* les moissons d'autrui (3).

C'est au milieu de ces redoutables accessoires qu'il nous faut maintenant placer la Magicienne de Théocrite.

(1) Plutarque, Vie de Démosth., chap. XVII. — Demosth. Orat. adv. Aristog., pag. 186.

(2) Sei ques esent quei arvorsum ead fecisent, quam suprad scriptum est, eeis *rem caputalem* faciendam censuere... — Venena indidem et intestinæ cædes : ita ut ne corpora quidem interdum ad sepulturam exstarent... Non illos qui *pravis et externis religionibus* captas mentes velut furialibus stimulis ad omne scelus et ad omnem libidinem agerent... (Tit. Liv. XXXIX, 9 et suiv.)

(3) Plin. l. l.

Elle est seule, dans un de ces carrefours consacrés à Hécate,
accomplissant avec son esclave Thestylis les rites sacrés, mêlant
les poisons, prononçant les paroles magiques.... elle veut dompter le cœur du parjure Delphis, et ses enchantements vont bientôt le poursuivre. « O lune, éclaire-nous de tes rayons, car mes
« prières qui montent doucement jusqu'à toi, invoqueront aussi
« la souterraine Hécate, devant qui tremblent les jeunes chiens,
« lorsqu'elle s'avance à travers les sépulcres des morts et le sang
« noir des victimes (v. 12), » et l'enchantement commence avec
ce vers, qui revient comme un refrain à des intervalles marqués :

> « Iynx, attire mon amant dans ma maison. »

Cependant le goût exquis de Théocrite lui fait comprendre que
les mains de Simæthe ne peuvent se tremper dans le sang, qu'elle
ne doit pas errer au milieu des tombeaux, fouiller des ossements,
égorger un enfant ou l'enterrer vivant, que l'horrible en un mot,
quelque facile qu'il fût de le justifier par l'ardente passion de la
Magicienne, ne doit pas souiller cette mystérieuse cérémonie, et
que la bouche d'une amante ne peut s'ouvrir aux affreuses malédictions de Sagane ou d'Erichtho (1).

Mais l'horrible écarté, comment Théocrite et Virgile sauve-
ront-ils l'enfantillage de ces lauriers, de cette statuette, de ce
rhombus, de cet hippomane, de ces franges, de ce lézard ?.....
Par un artifice bien simple, et pris, comme diraient les anciens
rhéteurs, dans les *entrailles du sujet*, ils animeront tous ces objets
et leur donneront à tous une action sur le cœur du parjure :

> Daphnis me malus urit, ego hanc in Daphnide laurum.

Son indifférence se fondra comme cette cire exposée à l'ardeur

(1) Horace, Epod. V. — Lucain VI, 418 et suiv.... — ῥόμβον ἐπιστρέφει
ἐπῳδήν τινα λέγουσα, ἐπιτρέχει τῇ γλώσσῃ, βαρβαρικὰ καὶ φρικώδη ὀνόματα.
Lucain, Dialog. Meretr. IV. — On retrouve dans Théocrite (v. 27) et
dans Virgile (v. 73 et 80) l'*envoûtement* si redouté dans le moyen âge.

de ce brasier, cet hippomane doit le ramener dans la maison qu'il abandonne; ces franges, c'est Delphis qui les a perdues; ce lézard entre dans un philtre redoutable. Partout se retrouve Delphis, mais infidèle et parjure, et poursuivi par l'implacable vengeance d'une amante offensée.

Peut-être même Virgile a-t-il été plus Alexandrin que l'Alexandrin Théocrite, en sacrifiant à tous ces détails extérieurs que Lucain devait bientôt développer en hexamètres interminables : peut-être a-t-il eu tort de n'indiquer que par un trait, exquis à la vérité, mais trop rapide, ces mouvements impétueux ou désordonnés qui bouleversent l'âme de Simæthe dans cette longue attente. On dirait sa Didon ou la Phèdre de Racine réduites aux minces proportions de l'Idylle. Mais cette sécheresse dans un sujet que le génie de Virgile devait bientôt élever à la hauteur du poëme épique, est si peu naturelle, que nous voudrions pouvoir nous l'expliquer. N'était-il pas encore assuré de ses forces, et craignait-il dans une lutte inégale, aux prises avec une langue poétique qui se formait, d'être écrasé par l'inimitable Elégie de Théocrite? ou plutôt, vaincu par les prières de son cher Pollion, n'est-il pas descendu sur le *terrain* de Catulle, pour effacer sa *Magicienne*, comme plus tard il effaça l'Ariane de ce rude républicain, dont les plaisanteries n'avaient cessé de poursuivre César? Cette hypothèse nous semble confirmée par l'histoire de cette églogue.

L'enchantement est terminé : Thestylis a quitté la scène, et l'âme de Simæthe, passant rapidement des transports qui l'agitent au milieu de ces tristes apprêts, à ses plaintes mélancoliques, reprend depuis leur origine l'histoire de ses amours, et l'harmonie de ces vers si paisibles et si mélodieux forme un admirable contraste avec l'impétuosité qui règne dans toutes les strophes de l'enchantement. Oui, si les vents se taisent, et si la mer est silencieuse, la douleur ne se tait pas dans le fond de son âme, et c'est au milieu de cette vaste immobilité de la nature, dans le calme des nuits que Simæthe élève la voix et fait monter à Phœbé sa

plaintive élégie. Dans les habitudes du théâtre des anciens, rien
de plus fréquent que ces récits confiés à une divinité propice;
rien de plus naturel aussi, puisque leurs images révérées proté-
geaient le seuil de la maison et s'élevaient au fond du sanc-
tuaire (1).

Mais comment analyser ce récit auquel viennent sans cesse se
mêler ces plaintes, ces reproches, ces amers souvenirs, ces espérances trompées, qui changent une intrigue plus que vulgaire, en
ce que l'antiquité nous a laissé de plus passionné? Voltaire lui-
même, qui n'aimait peut-être Théocrite que parce qu'il détestait
Fontenelle, compare cette idylle « à la belle ode de Sapho : »
il va plus loin : pour faire connaître « la beauté du tableau à
« ceux dont le goût démêle la force de l'original dans la faiblesse
« même de la copie, » il en réunit quelques traits dans deux
stances, dont la première rend assez heureusement les mouvements du récit de Simæthe, toute réserve faite du contresens :

> Reine des nuits, dis quel fut mon amour !
> Comme en mon sein les frissons et la flamme
> Se succédaient, me perdaient tour à tour ;
> Quels doux transports égarèrent mon âme :
> Comment mes yeux cherchaient en vain le jour ;
> Comme j'aimais et sans songer à plaire !
> Je ne pouvais ni parler, ni me taire...
> Reine des nuits, dis quel fut mon amour (2).

Or, si les douleurs du Simæthe nous rappellent l'ode (ou plutôt
les odes) de Sapho, une froide analyse n'en détruira-t-elle pas
complétement le charme? Il en est de ce récit comme des plaintes
de Déjanire, du désespoir de Phèdre, des impétueux reproches
d'Ariane et de Médée, ou de l'admirable épisode de Didon, où

---

(1) Patin, Études sur les Tragiques Grecs, t. II, pag. 382. — Com-
parez la parodie de ces allocutions dans les fragments de la comédie du
Soldat de Philémon, pag. 116, Ed. Dübner.

(2) Dict. Philosoph., *Églogue*.

Virgile a réuni toute la douleur de Sophocle, d'Euripide et de Théocrite à l'ardente passion d'Apollonius et de Catulle. D'ailleurs Simæthe, il ne faut pas l'oublier, est une pauvre Sicilienne, une femme du peuple (1), qui n'a su qu'adorer le parjure Delphis ; ses regrets comme son amour ne peuvent guère passer dans notre langue ; et, contraste singulier, tandis que l'aiguillon du désespoir et la soif de la vengeance font descendre Simæthe à des détails que ne peuvent justifier le soleil de l'Afrique ou la dissolution des mœurs siciliennes, l'Ariane du cynique Catulle reste dans ses paroles aussi chaste que Simæthe est emportée dans les siennes, et cependant elle aime Thésée, comme elle son Delphis, « de tout son cœur, de toute son âme, de toute sa pensée. »

> ... toto ex te pectore, Theseu,
> Toto animo, tota pendebat perdita mente (2).

Disons rapidement que ce fut dans une fête (fête détestable et l'origine de tous ses malheurs) qu'elle vit, qu'elle aima Delphis. Pour nous, cette impétuosité de sentiments a quelque chose de singulier ; mais il fallait que dans les mœurs anciennes ces *accidents* ne fussent pas rares, puisqu'ils forment la base d'une multitude de récits amoureux (3).

> Χὡς ἴδον, ὡς ἐμάνην, ὡς μευ περὶ θυμὸς ἰάφθη
> Δειλαίας (v. 85) !
> Ut vidi, ut perii, ut me malus abstulit error !
> Je le vis, je rougis, je pâlis à sa vue !

(1) La Porte Dutheil dans un commentaire critique sur cette idylle (1806, analysé dans les Mém. de l'Institut, Littér. Anc., 1818) appelle Simæthe une « bergère » (p. 11). Il n'est cependant pas question dans toute l'Idylle de champs, de moutons ou de bergers.

(2) Cat. Epith. 69 et 70.

(3) Voy. par ex. Héro et Léandre, v. 98. Théagène et Chariclée, l. III, ch. 2. Abrocome et Anthia, liv. I. Rhodanthe et Dosiclès I, p. 17. Gaulmin. — etc...

Depuis ce moment fatal elle est consumée d'une fièvre brûlante : couchée sur un lit de douleur, la maladie dévore sa beauté, et les enchantements et les magiciennes ne peuvent calmer ses tourments :

> Ἀλλ' ἧς οὐδὲν ἐλαφρόν' ὁ δὲ χρόνος ἄνυτο φεύγων
> D'un incurable amour remèdes impuissants !

Il est impossible d'indiquer dans notre langue la scène qui suit ce premier tableau, scène qui dut effaroucher le chaste Virgile, lorsqu'à la prière d'Asinius Pollion il fit passer la première partie de cette idylle dans sa VIIIe Eglogue. Dans le IVe livre de l'Enéide, Junon et Vénus peuvent exciter un orage, disperser une chasse : mais ici le merveilleux eût été ridicule, et Virgile préféra sans doute abandonner les détails qu'avait déjà repoussés le chantre de Thésée et d'Ariane.

La faute de Simæthe reçoit bientôt sa punition. Depuis douze jours son Delphis l'abandonne ; on le dit infidèle... Virgile a mieux aimé laisser glisser une lueur d'espérance sur le fond de son tableau :

> Bonum sit !
> Nescio quid certo est, et Hylax in limine latrat.
> Credimus, an qui amant ipsi sibi somnia fingunt ?
> Parcite ab urbe venit, jam parcite, carmina, Daphnis.

tandis que les plaintes et les fureurs de Simæthe sont également impuissantes à ramener le cœur de son amant. « Malheur à lui « s'il me résiste ; car, j'en jure les Parques, il va frapper aujour-« d'hui même aux portes de l'enfer. » Et sa vengeance, Simæthe la confie à Phœbé, sa divinité protectrice, et à ces astres nocturnes, qui suivent silencieusement le char de leur souveraine ; ils ont vu ses enchantements, ils prendront pitié de ses larmes et de son désespoir (1).

(1) Nous parlerons plus tard de l'imitation du Mime de Sophron. Voy. Idyl. X et XXI.

Ce serait ici le lieu de remonter à Homère et à Sophocle, et d'y chercher les tableaux dont s'est inspiré Théocrite. Les *Rhizotomes* de Sophocle paraissent avoir présenté le spectacle d'une Magicienne en proie aux transports de l'amour. La *Médée* et la *Phèdre* d'Euripide, la *Médée* d'Apollonius de Rhodes prêteraient à de curieux rapprochements. Catulle, Virgile, Horace transportent à Rome ces caractères effrayants, que Lucain, Apulée et les romans grecs transforment bientôt en horribles sorcières. Le Tasse s'élève à la hauteur de ses anciens maitres, et J.-B. Rousseau s'inspire heureusement de l'art moderne et de la naïveté des anciens. Mais ce serait faire une histoire littéraire de la magie, qui dépasserait aussitôt les bornes imposées à ce travail.

Τάχ' αὔριον ἔσσετ' ἄμεινον.

IDYLLES III ET XXIII.

Comme ces deux idylles ont une grande ressemblance de sujet, Reinhold a rejeté la XXIIIe : il va même plus loin; elle est indigne, dit-il, d'être réunie aux véritables idylles de Théocrite, car elle ne renferme qu'une fable traitée de la manière *la plus sèche et la plus sotte* (1). Mais ce jugement si dur, si positif, a trouvé pour son malheur de savants contradicteurs. M. Boissonade a justifié par des exemples plusieurs fautes que Reinhold croyait avoir signalées, et Wissowa, Théocrite à la main, a complétement réfuté ses singulières assertions grammaticales (2). Quant à la question de goût, je crains qu'elle ne subisse le même

(1) Jejune atque insulse expositam, p. 57.
(2) V. v. 7 et suiv. — Wissowa, Theocr. Theocriteus, pag. 27 et 28.

sort. Nous pouvons donc, sans trop nous exposer, admettre cette idylle comme l'œuvre de Théocrite.

Le παρακλαυσίθυρον était une espèce de complainte que les amants rebutés venaient chanter la nuit à la porte de leurs maitresses (1), pour la supplier de s'ouvrir, et l'on comprend, sans autre développement, la nature de ces chansons. Quant à leur origine, elle remonte sans doute à l'époque où les Grecs se dépouillèrent de la rudesse de leurs temps héroïques, et l'usage qu'en firent les poëtes comiques nous prouve qu'elles avaient complétement passé dans les mœurs des Ioniens. Certes, les spectateurs devaient s'égayer à la vue de ces pauvres jeunes gens, transis de froid, couchés sur le pavé, exposés à tous les caprices de Jupiter Pluvius, et laissant échapper une voix lamentable entrecoupée de longs gémissements. Quelquefois aussi l'amant est plus alerte, plus insouciant; et s'il parle de désespoir et de mort, son extérieur et ses gestes contrastent avec ses lugubres expressions. Tel est le jeune homme, telle est aussi la chanson qu'Aristophane introduit dans une de ses comédies, la plus spirituelle peut-être, mais aussi la plus indécente (2). Plaute, au contraire (il est permis de s'en étonner), ne va pas, dans une situation exactement semblable, chercher le comique dans l'obscène, et Phædromus s'écrie (3) :

> Pessuli, heus, pessuli, vos saluto lubens,
> Vos amo, vos volo, vos peto atque obsecro,
> Gerite amanti mihi morem amœnissumi :
> Fite causa mea Ludii barbari,
> Subsilite, obsecro, et mittite istam foras,
> Quæ mihi misero amanti ebibit sanguinem.
> Hoc vide ut dormiunt pessuli pessumi,
> Nec mea gratia commovent se ocius.
> Respicio nihili meam vos gratiam facere.

(1) Plutarque, De l'Amour, ch. IX.
(2) Ecclez. v. 960 et suiv., Didot.
(3) Curculio, 1, 2, 60. Lemaire.

« Verroux, holà verroux, je vous salue de tout mon cœur : mes
« bons amis, je vous le demande, je vous en prie, je vous en con-
« jure, faites à mon amour cette grâce, chers petits verroux ;
« changez-vous pour moi en danseurs italiens ; sautez, je vous
« en supplie ; laissez sortir la tigresse qui fait mon malheur, qui
« me boit le sang. Mais voyez comme ils dorment ces détestables
« verroux ; j'ai beau prier, ils n'en bougent pas davantage. Ah!
« je ne le vois que trop! vous méprisez mes prières. » — Cependant jusqu'ici le style n'est guère élégiaque, et même dans
Ménandre l'ironie du poëte se mêle aux plaintes langoureuses de
l'amant :

> ... crudum Chærestratus unguem
> Abrodens ait hæc : « An siccis dedecus obstem
> « Cognatis? An rem patriam rumore sinistro
> « Limen ad obscœnum frangam, dum Chrysidis udas
> « Ebrius ante fores exstincta cum face canto (1). »

Après Aristophane et Ménandre, ou plutôt après tous les comiques grees, ces complaintes, alors même qu'elles se justifiaient
dans les mœurs de la nation, portaient nécessairement l'empreinte
du ridicule, et il devenait bien difficile de les faire passer dans
une élégie sérieuse. Aussi Théocrite, dans sa IIIᵉ Idylle, s'éloi-
gne-t-il fort peu de la verve comique de ses prédécesseurs, et
son chevrier, dans ses lamentables supplications, se souvient, on
le voit, des amoureux de comédie. L'ironie perce partout :
« O charmante Amaryllis, pourquoi ne plus me regarder tendre-
« ment, pourquoi ne plus appeler ton petit bien-aimé dans cet
« antre ? Me détesterais-tu ? Ah! sans doute, mon nez te parait
« mal fait, ó Nymphe! et ma barbe négligée! Tu veux donc que

____

(1) Perse, Sat. V, 162 — *udas* fores dixit, quas amatores solent un-
guento perfundere, et ante januam illarum noctem vigiliis et cantu tran-
sigere. *Vet. Scholiasta*. Hunc locum e Menandri Eunucho traxit... apud
Terentium personæ immutatæ sunt. *Id.* — Voyez Horace, Serm. II.
3, 260.

« je me pende (1)? » — Le style grandit bien quelquefois, et s'ennoblit même dans des hexamètres, auxquels Virgile imprime la couleur épique :

> Νῦν ἔγνων τὸν Ἔρωτα· βαρὺς θεός. Ἦ ῥα λεαίνας
> Μασδὸν ἐθήλαξε, δρυμῷ τέ μιν ἔτραφε μάτηρ,
> Ὅς με κατασμύχων καὶ ἐς ὀστίον ἄχρις ἰάπτει (2).
>
> Nunc scio quid sit Amor : duris in cotibus illum
> Ismarus, aut Rhodope, aut extremi Garamantes,
> Nec nostri generis puerum, nec sanguinis, edunt (3).

Mais Théocrite a garde de se soutenir à cette hauteur. Il sait que, si la passion peut élever un moment les hommes de la condition la plus humble au niveau des héros tragiques, le naturel doit presque aussitôt reprendre le dessus, et le pauvre berger s'aperçoit qu'il menace en vain de disperser les « chapeaux de fleurs » suspendus à cette porte insensible, ou même de se précipiter dans les flots. Que dis-je? son malheur n'est que trop certain, puisque la feuille de joubarbe qu'il frappait sur son bras n'a point rendu de son, et que la vieille Agræo lui prédisait ces refus...... Cependant son œil droit a tressailli, la nymphe va céder peut-être à ses prières : il chante, pour l'entrainer les prodiges de l'Amour : Hippomène, vainqueur d'Atalante; Mélampe, qui ravit Péro pour son frère Bias; Endymion, Adonis, Jasion,... mais hélas! tous ses efforts sont inutiles. « Ma tète est en feu, et tu ne t'en in-« quiètes pas. Je ne chanterai plus, mais je vais me jeter à terre, « et les loups me mangeront. Puisse ma mort t'être aussi douce que le miel à ton gosier (4)! »

Comme on le voit, cette soi-disant élégie tient encore plus de la comédie que de la tragédie, et la complainte de l'amant ferait

(1) V. 6 et suiv.
(2) V. 15 et suiv.
(3) Virg. Eclog. VIII, 43.
(4) V. 52 et suiv.

plutôt rire que pleurer. Mais ce sujet ne pouvait-il pas, malgré la parodie, se présenter sous son côté tragique ? Le poëte n'était-il pas libre de faire passer le pauvre amant par tous les transports du désespoir, et de le faire expirer sur le seuil de sa belle insensible ? Je ne sais si ce n'est pas se complaire à une conjecture ; mais il me semble que les deux odes d'Horace, I, 25, et surtout III, 10 :

> Extremum Tanaïm si biberes, Lyce,

marquent la transition définitive du comique au tragique, de la chanson à l'élégie. L'ode presque tout entière est élégiaque ; mais une colère, légèrement moqueuse, ne se trahit-elle pas dans ces deux derniers vers :

> Non hoc semper erit liminis aut aquæ
> Cælestis patiens latus.

Ainsi des deux situations que la complainte admet, l'une pourra tourner au burlesque :

> Notre linotte et notre merle aussi,
> T'ont tant de fois oui chanter ici
> Qu'ils l'ont appris ; vu ce joli ramage
> On te devrait enfermer en leur cage :
> Les perroquets ne donnent le plaisir
> Qu'auraient de toi les passants de loisir (1).

l'autre sera triste et lugubre et pourra même conduire jusqu'au suicide :

> ... qu'est-ce que je maudis ?
> Pardonne-moi, porte, je m'en dédis ;
> Je n'en puis mais, si je t'ai dit outrage :
> Ce n'est pas moi, c'est l'amoureuse rage
> Qui contraint l'homme insensé, furieux,
> De blasphémer la puissance des dieux (2).

(1) Jean Passerat, Réponse de la porte à l'amant.
(2) Id., Élégie d'un amant parlant à une porte.

Mais cette dernière situation, il faut en convenir, est peu propre à l'élégie. On peut, il est vrai, se représenter un amant, suppliant cette porte qui reste obstinément fermée, et s'exaltant jusqu'aux malédictions ; mais ces malédictions doivent être vives, courtes, sous peine de languir, de paraitre même fastidieuses dans une suite de longs vers.

Ce défaut, nous aurons occasion de le signaler, mais non dans Théocrite, dont le goût exquis se trompe rarement dans la mise en scène de ses petits drames. Il l'évite donc, mais à la condition de fausser le vrai but de la *complainte*. Ce n'est plus, en effet, à la porte que s'adresse l'amant, mais c'est à celui qui peut l'entendre, et sous ce point de vue l'Idylle XXIII⁰ offre un rapport frappant avec le *Polyphème* et surtout avec l'*Alexis* de Virgile. L'agréable imitation que La Fontaine en a donnée (1), et qu'il a dédiée à Mme de la Mésangère, (la *marquise* de Fontenelle et fille de sa chère protectrice, Mme de la Sablière), l'a fait passer dans notre littérature ; mais le nom de Mme de la Mésangère nécessitait une altération dans la nature et les rapports des personnages *grecs*. Alcimadure, comme l'(Alexis?) de Théocrite est un

> Fier et farouche objet, toujours courant aux bois,
> Toujours sautant aux prés, dansant sur la verdure,
> Et ne connaissant autres lois
> Que son caprice : au reste, égalant les plus belles,
> Et surpassant les plus cruelles.

Mais que notre admirable fabuliste est loin de l'énergie épique de Théocrite : on voit que les bocages et les prairies le séduisent toujours vivement, tandis que le poëte grec ne songe qu'à peindre ce cruel objet de l'amour de (Daphnis?) : « Semblable à la bête farouche dont le regard oblique suit le chasseur, le cruel n'épargnait rien pour tourmenter son amant. Ses lèvres étaient mo-

(1) Fables, liv. XII, 26.

« queuses; ses yeux lançaient le courroux (1).... » — Enfin, dans Théocrite comme dans La Fontaine, le malheureux Daphnis vient tomber à la porte de l'inhumaine : « il pleure, il baise le seuil » et s'écrie.... Ces deux discours sont assez différents : dans celui de Théocrite on retrouve parfois l'énergie de la Magicienne, mêlée à la candeur du Cyclope ; mais au moment suprême, c'est une passion désespérée qui s'exhale dans ces vers : « Terrible et « cruel enfant, toi que nourrit une sauvage lionne, cœur de pierre, « indigne de mon amour, écoute : je suis venu t'apporter ce der- « nier présent, le lacet qui doit finir mes jours : car je ne veux plus, « enfant, irriter ta colère, mais je descends aux lieux où tu m'or- « donnes de me rendre (2)... » On pourrait cependant reprendre plusieurs traces de mauvais goût dans ce discours presque par- tout admirable, et l'on dirait que Théocrite a voulu payer quelque part un tribut à l'école dont il relevait (3). Les résolutions du Daphnis de La Fontaine ne sont pas exprimées en termes si tra- giques, et le *chantre des bêtes* s'y montre par plus d'un trait :

> Mon père, après ma mort, et je l'en ai chargé,
> Doit mettre à vos pieds l'héritage
> Que votre cœur a négligé.
> Je veux que l'on y soigne aussi le pâturage,
> Tous mes troupeaux, avec mon chien.

Dans ce dernier hémistiche surtout, qui ne retrouve tout son La Fontaine?

Il serait trop long de chercher à saisir les différences qui dis- tinguent ces deux idylles, et ce qui précède me semble établir net- tement que La Fontaine n'a jamais songé à une traduction ; peut-

(1) Idylle XXIII, 10.
(2) Ib. 19 et suiv.
(3) V. 28 et suiv. Ces descriptions *énumératives* me paraissent annon- cer toujours la décadence. Elles abondent dans Stace et dans Claudien, et l'on voit que Virgile les emprunte aux Alexandrins.

être même ne s'est-il mis sous le nom de Théocrite que pour s'adresser plus sûrement à Mme de la Sablière, qui venait d'abandonner subitement le monde et ses plaisirs, pour se jeter dans la dévotion (1).

Si les épigrammes de l'Anthologie qui portent le nom d'Asclépiade (2) sont du poëte de Samos et du maître de Théocrite, il est probable que le disciple s'inspira de ces petits chefs-d'œuvre de passion et de naturel. Mais pour Ovide, il ne songe qu'à faire de l'esprit sur un sujet qui ne l'admet guère : tout lui agrée, pourvu qu'il puisse déployer, comme dans son Cyclope, les richesses de sa versification : ainsi que l'esclave ne fasse qu'entr'ouvrir la porte, il pourra bien passer, car :

> Longus amor tales corpus tenuavit in usus
> Aptaque subducto pondere membra dedit (3).

et Passerat, dont le génie brillant n'était pas sans quelque rapport avec celui du poëte de Sulmone, n'a pas laissé échapper ce trait :

> Si tu ne veux, atteinte de pitié,
> T'ouvrir du tout, ouvre-toi à moitié,
> *Ou deux fois moins :* je trouverai passage,
> Amour m'a fait si maigre à cet usage,
> Je ne crains point d'être vu ni surpris.

Soixante-quatorze vers adressés à la porte ou au portier, nous semblent un peu longs, surtout avec ce refrain qui vient sans cesse couper les plaintes de l'amant :

> Tempora noctis eunt : excute poste seram.

(1) Walckenaër, Histoire de la Vie et des Ouvrages de La Fontaine, p. 192. — Du reste, le sujet de ces deux idylles paraît être emprunté à la Calycé de Stésichore : les rôles seulement sont changés : c'est la jeune fille qui, ne pouvant fléchir celui qu'elle aime, se précipite d'un rocher. Voy. Athénée, XIV, 11, Tauchnitz.

(2) Anthol. Palat. V, 64, 167, 189, Tauchn.

(3) Ovid. Amores, I, 6, 5.

et malgré ces jolis vers inspirés sans doute par la Muse de
Virgile :

> Fallimur? an verso sonuerunt cardine postes?
>   Raucaque concussæ signa dedere fores?
> Fallimur... impulsa est animoso janua vento,
>   Hei mihi! quam longe spem tulit aura meam (1).

gâtés immédiatement par une invocation à Borée, au nom de sa
belle Orithye (2). — Ovide cependant connaissait l'Idylle de Théocrite, puisqu'il l'imite dans les *Métamorphoses*, où la mort des
deux amants offre surtout une ressemblance frappante (3) ; mais
que dire de ce trait qui termine le récit du châtiment d'Iphis :

> ... paulatimque occupat artus,
> Quod fuit in duro jam pridem pectore, saxum !

Tibulle est plus hardi qu'Ovide : c'est à la porte elle-même et
non plus au *janitor* qu'il s'adresse : il la prie de s'ouvrir discrète-
ment pour lui; mais Délie, dès les premiers vers, remplace cette
porte insensible, et c'est elle que Tibulle invoque, c'est elle qu'il
supplie de faire cesser enfin ses tourments :

> Non labor hic lædit, reseret modo Delia postes
> Et vocet ad digiti me taciturna sonum (4).

Remarquons en passant que Tibulle ne paraît pas avoir connu

(1) Ib. v. 51.

(2) Quelque brillant que soit le génie de certains poëtes, ils se pillent
cependant : c'est ainsi que Musée a mis cette invocation dans la bouche
de Léandre, au milieu de la tempête, v. 322, Didot.

(3) Métam. XIV, v. 717. — Ce serait encore un excellent argument
à faire valoir en faveur de l'authenticité de cette idylle, qui ne se trouve
cependant citée par aucun grammairien. Voy. p. 35.

(4) Eleg. I. 2. 53.

l'Idylle de Théocrite, mais qu'il imite les petites épigrammes de l'Anthologie :

Enfin Properce ne voit plus que la porte, ne s'adresse plus qu'à ses deux battants; il va même jusqu'à lui prêter une voix :

Quæ fueram magnis olim patefacta triumphis

Nunc ego, nocturnis potorum saucia rixis,
    Pulsata indignis sæpe queror manibus (1).

et la porte répète toutes les injures auxquelles elle est depuis si longtemps exposée. Quelle singulière invention! inspirée peut-être par le *Olim truncus eram ficulnus*. Certes, quelle que soit la grâce et l'élégance de cette élégie, bien supérieure à celle d'Ovide, elle aurait fort bien pu divertir Athènes sur le théâtre d'Aristophane, grâce à cette imagination : changeons seulement quelques mots çà et là, et chargeons notre vieux Passerat de ce soin :

Toujours sur toi vienne souffler la bise,
Tombe la grêle et la foudre se brise!
Autre peinture on ne lise en tes ais,
Que des gibets et cornus marmousets;
Les chiens . . . . ,
Toujours sois-tu sujette à toute injure!

(1) Properce, 1, 16, 1.

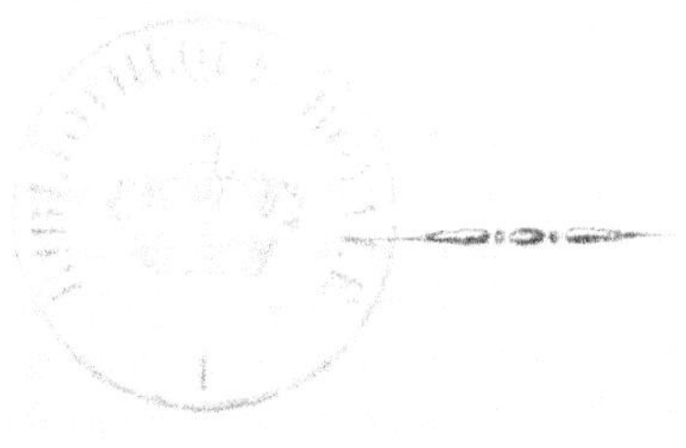

Les deux feuilles suivantes, qui comprennent Id. V—XI et Id. XXI, paraîtront avant la fin du mois, mais sans faire partie de la thèse.

APPENDICE.

IDYLLE I, v. 1.

> Ἁδύ τι τὸ ψιθύρισμα καὶ ἁ πίτυς, αἰπόλε, τήνα,
> Ἁ ποτὶ ταῖς παγαῖσι μελίσδεται· ἁδὺ δὲ καὶ τυ
> Συρίσδες ......

Il est peu de passage qui aient plus exercé la sagacité des commentateurs. En effet, les deux nominatifs ψιθύρισμα, πίτυς, ne s'expliquent pas facilement, et l'article τὸ joint au pronom indéfini τι vient augmenter l'obscurité. Traduire ce vers, comme on le fait communément, par *jucundum quid est lenis susurrus pinus illius quæ.....* et expliquer cette singulière construction par l'*hendiadys*, n'avance guère la question ; car l'*hendiadys* ne justifie un sens qu'autant qu'elle se justifie elle-même, comme dans (Georg. II, 192) *pateris libamus et auro* ; mais je ne lui reconnais pas la puissance de faire passer à l'état de sujet ce qui est *nécessairement* régime. Rien de plus simple que *pateris et auro* pour *pateris auratis*, mais rien de plus obscur que *sibilus et pinus* pour *sibilus pini*.

Quant au τι τό, les commentateurs citent pour le justifier trois exemples de Théocrite qui ne me paraissent pas concluants. En effet, celui de l'Idylle XXIII, 35 :

> Ἀλλὰ τύ, παῖ, καὶ τοῦτο πανύστατον ἁδύ τι ῥέξον·

s'explique, si je ne me trompe, d'une manière plus simple, en construisant ἁδύ τι, διὰ μέσου, comme le disent les grammairiens grecs : « pour me faire au moins une faveur. » Il en est de même, Id. XX, 21, et quant à l'Id. VIII, 82, il me semble que le sens est complétement différent. — Ainsi les explications ne sont pas convaincantes, et jusqu'à présent aucune des corrections proposées n'a passé dans le texte. Le champ est donc toujours ouvert aux conjectures.

Quant à moi, je lirais :

> Ἄδει τοι ψιθύρισμα καὶ ἁ πίτυς...

et je vais essayer de justifier cette correction.

Ἄδειν se dit très-bien en parlant des pins, comme le prouve ce vers de Moschus (V. 8) :

> Ἔνθα καὶ, ἢν πνεύσῃ πολὺς ἄνεμος, ἁ πίτυς ᾄδει·

et dans ce cas ψιθύρισμα, c'est-à-dire μέλισμα, λάλημα, devient le régime de ᾄδει, et rien n'est plus fréquent en grec que le rapprochement du substantif et du verbe lorsqu'ils expriment des idées parfaitement semblables. — Il est vrai que Terentianus Maurus traduit ainsi ces deux vers :

> Dulce tibi pinus submurmurat, en tibi, pastor
> Proxima fonticulis, et tu quoque dulcia pangis.

et que Suidas, qui cite si rarement Théocrite, confirme cette leçon (qu'il emprunte au Schol. d'Aristophane, Nuées, 1007. Coll. Didot.) — Mais si l'on réfléchit à la distance qui sépare Terentianus de Théocrite, à l'altération que devaient toujours subir les premiers mots d'un manuscrit, à la prononciation presque semblable de ἁδύ et de ᾄδει, enfin à la facilité de l'antithèse, on reconnaîtra, je pense, que ἁδύ a pu fort bien se substituer à ᾄδει, et ce qui le prouve mieux encore, ce sont quelques passages où je ne puis voir qu'une imitation évidente du vers de Théocrite.

C'est d'abord (si la leçon est véritable, voy. Boiss. ad l. l.), ce vers trochaïque d'A. Septimius Serenus :

> ...... suave *sibilum*
> Tale, *quale* vere dulce *sibilat* teres *donax*.

ce qui n'est pas impossible, puisqu'ailleurs il avait dit :

Pinea brachia quum trepidant,
Audio canticulum Zephiri.

(Voy. Wernsdorf, Poëtæ Lat. Min. I, p. 2, p. 634, 42, 6. Ed. Lemaire). — Apulée a rendu la même idée dans cette phrase toute poétique (Asin. XI, p. 665. Ed. Bas. 1597) : Et steriles (arbores) austrinis laxatæ flatibus...... elementi motu brachiorum *dulces strepitus obsibilant* ; et cette image, Ausone la délaya plus tard en quatre vers (Epist. XXV, 13 seq.). On pourrait enfin rapprocher ces deux passages de Calpurnius, qui n'ont été, je crois, cités par personne (Egl. V, 45.) :

Irrita septena *modularet sibila* canna.

et (Egl. VIII, **72.**) :

Silvestris nunc *te platanus*, Melibæe *susurrat*,
Te pinus....

Toί remplaçant τί me paraît assez bien justifié par le *tibi* de Terentianus : et d'ailleurs dans les manuscrits, il n'y a pas de mots qui s'échangent plus facilement. Ainsi, le manuscrit de notre Bibliothèque donne (Théocrite, Id. V, 31.) : Οὐ γάρ τί πυρὶ θάλπεα, tandis que les éditions portent τοί.

IDYLLE I, v. 57.

Τὸ μὲν ἐγὼ πορθμεῖ Καλυδωνίῳ αἶγά τ' ἔδωκα.

Je me demande ce que vient faire ici ce batelier de Calydon, et dans quel but Théocrite l'a choisi de préférence à tous les autres. Les éditeurs modernes se taisent à ce sujet, quoique quel-

ques Scholiastes eussent déjà trouvé la chose assez obscure :
« Γράφουσι δέ τινες καὶ Καλυδνίῳ, ἀγνοοῦντες ὡς Καλύδναι
ἐγγὺς τῆς Κῶ εἰσίν. » Or, pour moi, je serais fort disposé à me
ranger à l'avis de ces *quelques-uns*, et à lire avec eux :

Τῷ μὲν ἐγὼ πορθμῆϊ Καλυδνίῳ αἶγά τ' ἔδωκα.

En effet, après avoir prouvé dans la *Vie de Théocrite* que l'île
de Cos dut exercer une grande influence sur sa jeunesse, je ne
verrais rien d'étonnant à ce qu'il eût voulu consacrer le souvenir
du batelier qui, plus d'une fois sans doute, le conduisit à Ka-
lydna. (Voy. sur cette île et celles qui l'entouraient, Strabon,
liv. IX, dernier paragr.). Peut-être faudrait-il lire Καλυμνίῳ. —
πορθμῆα se trouve Id. XVII, 49, et βασιλῆϊ id. v. 105. Enfin
un des meilleurs manuscrits de Théocrite, K, donne πορθμῆ. —
Le souvenir d'un fameux batelier qui passait les voyageurs
sur l'Evenus près de Calydon, le Centaure Nessus, a fait
sans doute disparaître du texte cette ancienne leçon, et le passage suivant de Strabon mérite d'être rapproché du vers de
Théocrite : Καὶ ὁ Νέσσος ἐνταῦθα λέγεται, πορθμεὺς ἀπο-
δεδειγμένος, ὑφ' Ἡρακλέους ἀποθανεῖν, ἐπειδὴ...... (Strab. X,
2, pag. 330 Tauchn.).

IDYLLE I, v. 95 et 96.

Ἦνθέ γε μὰν ἁδεῖα καὶ ἁ Κύπρις γελάοισα,
Λάθρια μὲν γελάοισα, βαρὺν δ' ἀνὰ θυμὸν ἔχοισα,
Κύπρι......

Ces deux vers, et surtout le dernier, paraissent avoir arrêté
presque tous les commentateurs, qui ne savent comment les concilier ; car βαρὺν δ' ἀνὰ θυμὸν ἔχοισα ne permet guère d'inter-
préter λάθρια μὲν γελάοισα d'une manière plausible : et ce qui

le prouve, c'est la note de M. Wüstemann, qui, rédigée de concert avec MM. Jacobs et Rost, ne peut substituer un sens raisonnable à ceux qu'elle réfute parfaitement bien. — Je crois cependant qu'Horace, dans un passage absolument semblable à celui qui nous occupe, nous met sur la voie d'une correction assez probable (III, Od. XXVII, 66 seq.) :

...... aderat querenti
Perfidum ridens Venus, et remisso
Filius arcu :
Mox *ubi lusit satis* : « Abstineto.....

Pour moi, l'analogie est frappante, et je crois pouvoir corriger :

Ἁδεῖα μὲν γελάοισα, βαρὺν δ' ἀνὰ υἱὸν ἔχοισα.

« La douce Vénus vint aussi vers Daphnis : le sourire, mais « un sourire perfide, était sur ses lèvres, et dans ses bras elle « portait son fils, le cruel Amour. » —Il me semble que la plus grande difficulté, c'est-à-dire l'accord impossible des idées, disparait ainsi ; car je ne puis admettre avec M. Wüstemann, que la position de l'adjectif ἁδεῖα lui donne un sens particulier, puisqu'on lit dans le XVIIᵉ fragment de Bion :

Ἄμερε Κυπρογένεια,........
Τίπτε τόσον θνατοῖσι καὶ ἀθανάτοισι χαλέπτεις;

et Fénélon, qui pénétrait si profondément les plus exquises pensées des poètes grecs, me semble avoir reproduit ce tableau, lorsqu'il fait dire à Télémaque (Liv. IV) : « En même temps, j'aper« çus l'enfant Cupidon, dont les petites ailes s'agitant le faisoient « voler autour de sa mère. Quoiqu'il eût sur son visage la ten« dresse, les grâces et l'enjouement de l'enfance, il avoit je ne « sais quoi dans ses yeux perçans qui me faisoit peur. Il rioit « en me regardant ; son ris était malin, moqueur et cruel. » — De même Vénus : quel que soit son courroux, elle est toujours gracieuse (ἁδεῖα); mais, comme l'Amour de Fénélon, son sourire peut faire peur : (témoin la *Vénus d'Ille*). Je pourrais peut-être m'appuyer sur la glose βαστάζουσα du manuscrit P, et surtout sur cet Amour qui me semble sans cesse présent dans les reproches de Vénus et les réponses de Daphnis : « τὸν Ἔρωτα » « Ἔρωτος ὑπ' ἀργαλέω » « κακὸν ἔσσεται ἄλγος Ἔρωτι » : mais il me suffira de rapprocher de ce vers deux vers d'Homère :

Παῖδ' ἐπὶ κόλπῳ ἔχουσ' ἀταλάφρονα (Il. VI, 400.)

et

...... ἀθηρηλοιγὸν ἔχειν ἀνὰ φαιδίμῳ ὤμῳ (Od. XXIII, 275.)

Quant à l'hiatus, il se justifie par le digamma éolique, comme dans Théocrite, XXIV, 22 :

...... υἱὸς δ' ἀνὰ οἶκον ἐτύχθη.

et dans Moschus, IV, 16 :

Μαινόμενος κατὰ οἶκον.

(Voy. Wüstem. Præf. ad Theocr. pag. XLII, et Hermann, Epit. Doctr. Metr. p. 29 suiv.) : et si le digamma de υἱός (*filius*) était contesté, la position d'ἀνά, terminant la seconde dipodie du vers bucolique, permettrait encore l'hiatus, comme dans l'Id. XXIII, v. 48 :

...... ὀπωρίναν ἔχον ἑταίρον

(Voy. Hermann, Orphica, pag. 725, et Jacobs, Id. VIII, 14.) — Enfin, il ne serait pas impossible qu'un copiste malhabile eût confondu les deux sigles qui servaient à désigner θυμόν, υἱόν.

IDYLLE II, v. 35 et 36.

Θέστυλι, ταὶ κύνες ἄμμιν ἀνὰ πτόλιν ὠρύονται.
Ἀ θεὸς ἐν τριόδοισι· τὸ χαλκίον ὡς τάχος ἄχει

On a toujours entendu τὸ χαλκίον ὡς τ. ἄχ. de cymbales d'airain que la magicienne dit à Thestylis de faire retentir le plus bruyamment possible. Examinons ce sens.

Et d'abord, remarquons que τὸ χαλκίον signifie *tout instrument d'airain*, et que par conséquent les *cymbales* ne sont en aucune manière indiquées par le poète. On s'en servait, à ce qu'il parait, dans les éclipses de lune (et dans les cérémonies magiques? Voy. Schol. ad h. l.), pour ranimer l'attention de Diane (d'Hécate?). Or, ce n'est point ici le cas, puisque la déesse descend déjà dans le carrefour :

> Ἁ θεὸς ἐν τριόδοισι....

Remarquons en second lieu, que le rapprochement dans un même vers de ces deux faits : Ἁ θεὸς..... τὸ χαλκίον..... indique évidemment une corrélation dont je ne puis me rendre compte avec l'explication des commentateurs.

On peut donc, à mon avis, chercher un autre sens à ce passage; voici le mien : χαλκίον, qui signifie *tout instrument d'airain*, désigne ici le *rhombus* dont Théocrite a déjà parlé (ῥόμβος ὁ χάλκεος, v. 30.), et cette épithète (χάλκεος) confirme, il me semble, mon interprétation. D'ailleurs le *rhombus*, ou rouet magique, devait retentir pendant toute la cérémonie de l'enchantement, et l'on attribuait à ce bruit rauque le pouvoir de faire descendre la lune du ciel :

> ...... Thessalico lunam deducere rhombo.
> (Martial, IX, 30, 9 ; et, X, 57, 17.)

Or, si l'on veut trouver cette corrélation dont je parlais, nous écrirons :

> Ἁ θεὸς ἐν τριόδοισι, τὸ χαλκίον ὡς τάχος ἀχεῖ.

« Hécate elle-même descend dans le carrefour, le bruit du « rouet redouble. »

Ainsi ἀχεῖ reste verbe intransitif avec son véritable sens, ce qui n'est pas sans importance, puisqu'il est assez rare dans le sens transitif (Voy. Soph. Trachin. 871.) : ὡς τάχος s'applique parfaitement à la rapidité du rouet; enfin nous substituons le rhombus aux cymbales, beaucoup trop bruyantes pour une cérémonie mystérieuse (Simætha n'ose pas même élever la voix, v. 11), et qui se passe si près d'une ville (de Syracuse? Voyez la *Vie de Théocrite*), que la magicienne entend les hurlements des chiens épouvantés par l'approche de la déesse (vv. 35 et 12).

IDYLLE II, v. 145.

> .... ἀλλ' ἤνθε μοι ἅ τε Φιλίστα;
> Μάτηρ τᾶς γε ἁμᾶς αὐλητρίδος, ἅ τε Μελιξοῦς.

Aug. Lobeck (Paralipomena Gramm. Gr. I, p. **228** not.) n'hésite pas à trouver ce passage absurde (ineptum est), et il ajoute : « quis enim credat Simætham, quæ pompam spectatura « vestem mutuam sumsit, tibicina usam esse serva? Paullo post, « v. 154, eadem ἁ ξείνα vocatur; ergo corrigere libet τὰς Σα- « μίας. » — L'argument n'est pas sans réplique ; car, s'il était vrai, comment se ferait-il que Simætha fût obligée d'emprunter la robe de son amie, et que néanmoins elle eût une esclave, Thestylis ? De plus il tombe à faux, car plusieurs passages prouvent que les personnes d'une condition peu relevée ne craignaient pas d'emprunter ou de louer des vêtements d'apparat. Ainsi Juvénal (VI, 352.) :

> Ut spectet ludos conducit Ogulnia vestem.

Quant à ξείνα (v. 154), c'est un terme d'amitié comme dans ce vers de Moschus (I, 5) :

> ...... τί δ', ὦ ξένε, καὶ πλέον ἕξεις.

Mais, tout en rejetant la correction de Lobeck, il faut convenir que le sens pourrait être plus clair. Il le deviendrait, je crois,

si l'on retranchait γ' qui ne se trouve pas dans vingt-deux manuscrits, et si l'on ponctuait ainsi :

.... ἅτε Φιλίστας·
Μάτηρ τᾶς ὁμᾶς, αὐλητρίδος ἅτε Μελιξοῦς.

En séparant ὁμᾶς de αὐλητρίδος, ἁμός prend le sens d'*ami*,
qu'il a quelquefois en grec et en français (Non, non, *mon* Du Per-
rier ; aussitôt que la Parque....), et plus souvent encore en latin, et il devient parfaitement inutile de s'inquiéter désormais de
cette joueuse de flûte ; car ces noms propres placés dans le discours,
ainsi que le remarque Fr. Jacobs, servent simplement au poète
à donner plus d'illusion à la scène qu'il met sous nos yeux. —
Voyez sur le sens de ξένος, Boisson. Théocr. Id. XXII, v. 54.

IDYLLE III, v. 4.

Τίτυρ', ἐμὶν τὸ καλὸν πεφιλαμένε, βόσκε τὰς αἶγας,
Καὶ ποτὶ τὰν κράναν ἄγε, Τίτυρε· καὶ τὸν ἐνόρχαν...

Telle est la leçon suivie par MM. Boissonade et Wüstemann ;
mais quelque défiance que l'on ait de son opinion personnelle, je
crois qu'il est impossible d'adopter cette correction. En effet,
Virgile imitant ce passage (Egl. IX, **23**) ponctuait différemment,
lorsqu'il disait :

Tityre, dum redeo, brevis est via, pasce capellas,
Et potum pastas age, Tityre : et inter agendum.....

Car il me semble que Virgile coupe ordinairement son vers dans
la *thesis* pour sauver l'hiatus et resserrer les deux parties de l'hexa-
mètre. Cette coupe lui permet même d'éviter l'élision :

Addam cerea pruna : honos erit huic quoque pomo.
(Egl. II, v. 53.)
Et vera incessu patuit dea. Ille ubi matrem.
(Enéid. I, v. 405.)

2

et d'ailleurs cette coupe du sens et du vers à la fin du troisième pied serait très-rare dans Virgile. Je crois donc qu'il faut rétablir dans le texte de Théocrite :

$$\text{Καὶ ποτὶ τὰν κράναν, ἄγε, Τίτυρε· καὶ .....}$$

N'y a-t-il pas d'ailleurs dans ce nom de Τίτυρε, commençant et finissant la période, quelque chose de rapide et d'élégant qui disparaît dans la nouvelle leçon ?

IDYLLE III, v. 9.

$$\text{Ἦ ῥά γέ τοι σιμὸς καταφαίνομαι ἐγγύθεν ἦμες,}$$
$$\text{Νύμφα, καὶ προγένειος ;....}$$

Quelques commentateurs (M. Wüstemann entr'autres) expliquent προγένειος, *cui mentum prominet* (Voy. H. Steph. Thes. s. v.), tandis que Virgile le traduit dans un passage parfaitement semblable à celui qui nous occupe (Egl. VIII, 34.) :

Hirsutumque supercilium, promissaque barba.

Il est possible que l'erreur vienne du scholiaste, ἤγουν προμάκης τὸν γενειάδα, mais il est possible aussi que dans le scholiaste γενειάς ait son sens ordinaire de *barbe*. Ce qui me le ferait croire, c'est que le berger se plaint évidemment de ce que sa maîtresse le compare à un bouc (Cf. Jacobs, n. ad h. l.)

IDYLLE IV, v. 10 et 11.

ΚΟΡ. Κώψετ' ἐγὼν σκαπάναν τε καὶ εἴκατι ταυτόθι μᾶλα
ΒΑΤ. Πείσαι τοι Μίλων καὶ τὼς λύκος αὐτίκα λυσσῆν.

Quoique le vers de Battus ait subi une multitude de corrections, aucune d'elles n'a pris place dans le texte : je ne crois pas que la mienne soit plus heureuse : cependant elle porte, si je ne me trompe, sur la véritable difficulté.

De l'aveu de tous, ce vers, tel que le donnent les manuscrits, ne signifie rien. D'après le reste de l'idylle, Corydon est une âme simple, sans malice, tandis que Battus se moque de toutes les réponses de son naïf camarade. — *Battus* : Et le maître du troupeau, depuis quand ne le voit-on plus au pays? — *Corydon* : Tu ne le sais donc pas ? C'est Milon qui l'emmène vers l'Alphée. — *B*. Bah! ce grand athlète connaît donc la couleur de l'huile ? — *C*. Eh mais, on dit que sa vigueur égale celle d'Hercule. — *B*. Ma mère aussi me disait que je surpasserais Pollux. — *C*. Il est donc parti, sa bêche sur l'épaule, avec vingt bêtes de ce troupeau. — *B*. Milon persuaderait aux loups de devenir enragés. — Comme on le voit, ce dernier vers ne s'accorde en rien avec ceux qui précèdent. Pour moi, je crois que l'ironie de Battus porte sur ces vingt bêtes, ou plutôt sur vingt bœufs nécessaires à la subsistance des deux athlètes (on connaît la voracité de Milon : celle d'Egon devait l'égaler. Voy. v. 34.), et je lis :

Πίσᾳ τοι Μίλων καὶ τὼς λύκος αὐτίκα λυσσῇ.

« Milon aura donc à Pise la faim enragée d'un loup. » L'ironie est digne de Battus; il reste à la justifier.

Je crois d'abord que μᾶλα (v. 10) a le sens général de *tête de bétail*, et par suite de *bœuf*, parce que le troupeau d'Egon est

un troupeau de bœufs (ὁ βουκόλος, τίνος αἱ βόες :), et que Corydon le montre évidemment à Battus (τουτόθι). Le scholiaste
est parfaitement de mon avis, et il justifie cette explication par
un exemple d'Homère (Iliad. XVIII, 550). Αὐτίκα se joint au
présent ou au futur pour indiquer une chose qui doit immédiatement arriver, et Théocrite paraît même affectionner cette expression (voyez par exemple Id. II, 29; IV, 47; V, 96, 121):
Homère construit de même τάχα, synonyme d'αὐτίκα, avec le
présent (Iliad. XXII, 270 : τάχα.... δαμάᾳ, Minerve *va te faire
tomber* sous mes coups). — Dans les anciens manuscrits, le verbe
πείσαι devait se confondre avec Πείσαι ou Πίσα, dat. de Πείσα
ou Πίσα : car l'orthographe de ce nom est douteuse, et les meilleurs manuscrits sont loin d'être d'accord (1). — Τὸς λύκος
n'est pas à l'accus. plur., mais au nomin. sing., car τὸς est ici
dans le sens de ὅς. Grégoire de Corinthe, pag. 112, le témoi-
gne formellement : Δωριεῖς τὸ ὅς τὸς λέγουσιν, ὡς παρ' Ἀρισ-
τοφάνει ἐν Ἀχαρνεῦσιν [v. 763, ὅκα' ἐσβάλητε, τὸς ἀγροικίοι
μύες, lorsque vous vous jetez sur nos champs, comme une troupe
de mulots]. — Λυσσᾶν a remplacé λύσσῃ, parce que dans les manuscrits le ν vient perpétuellement se substituer à l'ι souscrit,
et pour ne pas sortir de Théocrite, on trouve en parcourant les
variantes recueillies par Gaisford : Q. χιμάρον pour χιμάρῳ,
ἐφ' ἃν pour ἐφ' ᾇ, τὰν χθονίαν Ἑκάταν pour τᾷ χθονίᾳ
Ἑκάτᾳ, etc. Voy. Mühlmann, Leg. Dial. Bucol. p. 16. — Ainsi
la correction que je propose ne change pas en définitive une
seule lettre : elle remonte simplement à l'écriture primitive des
manuscrits, et le sens qu'elle donne me semble rentrer assez
bien dans le ton général de l'Idylle.

(1) Ainsi le Cod. Mediceus et le C. Ravennas donnent Πείσαν, le premier dans Hérod. II, 7, et le second dans Aristophane, Grenouilles,
1232 : or ces deux manuscrits font autorité.

IDYLLE V, v. 25. SEQ.

ΛΑΚ. Καὶ πῶς ὦ κιναδεῦ τάδε γ’ ἔσσεται ἐξ ἴσου ἄμμιν;
ΚΟΜ. .... ἀλλὰ γάρ οὔ τοι
Ὦμφος ἰσοπαλής, τυίδ’ ὁ τράγος οὗτος, ἔρισδε.

M. Wüstemann ne me paraît point avoir entendu ce passage, ou du moins l'explication qu'il en donne est si singulière, qu'il m'est impossible de l'admettre. Je crois le sens beaucoup plus simple.

Comatas vient d'accepter le défi de Lacon : son enjeu est un *chevreau* ; mais il veut que son rival expose un *agneau* gros et gras (τὸν εὔβοτον ἀρνόν), qu'il lui montre du doigt. Grand courroux de Lacon, dont l'agneau vaut bien plus qu'un chevreau, et de là ses insultes : « Eh misérable! où serait l'égalité? A-t-on jamais tondu du poil pour de la laine? qui voudrait laisser une chèvre, mère pour la première fois, et traire un chienne affamée ? — *Comatas* : Celui qui se flatte comme toi de vaincre son adversaire, guêpe qui bourdonnes autour de la cigale. Mais puisque mon chevreau ne vaut pas ton agneau, regarde-moi ce bouc et combats. » Comme on le voit, il n'y a là que quelques proverbes avec une querelle à propos des deux bêtes ; et je ne puis comprendre où M. Wüsteman trouve de si singulières allusions : « Hæc dicta videntur, respectu habito (v. **27**), ubi Lacon se cum capella comparaverat, Comatam ad caninam conditionem detrudens. Verum hic, in eodem joco persistens (?), *te judice, capellæ quidem hircus non par esse videtur?* Ecce hircum, qui cum capella, id est *tecum pugnet.* »

IDYLLE V, v. 51.

Ἦ μὰν ἀρνακίδας τε καὶ εἴρια τεῖδε πατησεῖς,
Αἰγὸς ἁδέης, ὕπνω μαλακώτερα.

Telle est la leçon qu'adoptent MM. Meinecke et Boissonade, et que l'on explique par le (Virg. Eglog. VII, 45.) :

Somno mollior herba.

L'imitation est évidente ; mais cela signifie-t-il une herbe *plus douce que le sommeil*. J'en doute, malgré le génitif ὕπνω. N'est-ce pas plutôt : « Une herbe plus agréable par le sommeil, » c'est-à-dire « que le sommeil vous fait trouver plus agréable encore. » Cette construction peut paraître elliptique ; cependant elle n'est pas rare en grec et en latin : ὕπνῳ sera donc le régime de μαλακός ; celui de μαλακώτερος est sous-entendu, comme dans cette phrase (Cic. Verr. 3, 33.) : Solent reges Persarum *plures* uxores habere (Voy. Ramshorn, Latein. Gramm. p. 494, et Wüstemann, Idyl. XV, 185). D'ailleurs, ὕπνῳ paraît être la leçon du plus grand nombre des manuscrits (1). — Il est probable que le vers 57 :

Δίφρακα, τὸν παρὰ τὶν μαλακώτερα πολλάκις ἀρνῶν,

aura fait conserver ὕπνῳ. Mais s'il y a ressemblance de sens, la construction est évidemment différente. Valckenaër (Adoniaz.

(1) Ceux qui admettent le sens ordinaire, trouvent que la pensée est obscure et recherchée ; il leur faut même aller plus loin, et convenir que Calpurnius (Egl. VI, 71.) l'emporte en simplicité sur Théocrite et sur Virgile, qu'il exagère si souvent :

Seu residere libet, dabit ecce sedilia tophus,
Ponere seu cubitum, *mollior viret herba tapetis*.

et j'avoue que j'ai peine à le croire.

pag. 406, Id. XV, v. 125.) admet aussi ὕπνω; mais la manière dont il l'explique, admissible peut-être dans les Syracusaines, est tout à fait incompatible avec nos personnages : « Milesios mercatores probabiliter, tum temporis Alexandriam imprimis confluentes, ista facit et Samios dicentes Theocritus, qui, ut lanam suarum ovium et tapetia sua commendarent, illa dicere sueverint *somno molliora*. »

IDYLLE, V, v. 78.

Α. Εἶα λέγ' εἴ τι λέγεις, καὶ τὸν ξένον ἐς πάλιν αὖθις
 Ζῶντ' ἄφες· ὦ Παιάν, ἦ στωμύλος ἦσθα Κομᾶτα.

Pour expliquer ces derniers mots, les commentateurs disent que l'imparfait ἦσθα a le sens du présent, et par suite, ils traduisent à peu près ainsi : « Vraiment, quel babillard tu me fais, Comatas ? » Et Comatas ne dit rien. L'ironie est assez plaisante, et le vers précédent la justifie. Mais cet imparfait est trop singulier pour que ce sens puisse être adopté sans contrôle ; pour moi, jusqu'à preuve du contraire, je préfère lire :

.... ὦ Παιάν, ἦ στωμύλος ἦσθα, Κομᾶτα·

« Qu'est-ce à dire ? aurais-tu jamais parlé, Comatas ? » : sens qu'autorise également le :

Εἶα λέγ' εἴ τι λέγεις.

IDYLLE V, v. 110.

A. Τοὶ τέττιγες ὁρῆτε τὸν αἰπόλον ὡς ἐρεθίσδω
Οὕτω νύμφαι θην ἐρεθίσδετε τὼς καλαμευτάς.

Rien n'est plus obscur que l'explication de ces deux vers dans l'édition de M. Wüstemann. C'est d'abord : « Sic vos cicadæ « cantu vestro indefesso messores ad opus faciendum incitatis... » puis « tales profecto homines (messores) opus non festinant, sed « eo lentius agunt quo attentius aures cicadis commodant. »

Cependant il me semble que ce passage pourrait assez bien s'expliquer au moyen de quelques vers analogues. Virgile a dit, peut-être en imitant Théocrite (Egl. II, 10) :

At mecum raucis tua dum vestigia lustro,
Sole sub ardenti resonant arbusta cicadæ.

et au IIIᵉ Liv. des Géorgiques, v. 328 :

Et cantu querulæ rumpent arbusta cicadæ.

Calpurnius (Nemesianus ?) imitait-il le poëte grec ou le poëte latin (Egl. XI, 42) :

..... me sonat omnis
Silva, nec æstivis cantu concedo cicadis ?

Les moissonneurs chantent en travaillant ; mais, du milieu des haies, les cigales si nombreuses dans les pays méridionaux les poursuivent de leurs sons rauques et monotones (*raucæ ci-cadæ, rumpent arbusta, nec..... concedo cicadis*). Les moisson-neurs s'impatientent (ἐρεθίσδω, ἐρεθίσδετε), les maudissent, mais tous leurs efforts seraient vains pour faire cesser leur chant. »

Ainsi le sens de ce passage doit se chercher dans θήν, ἐρεθίσδω répété, et surtout dans la comparaison moqueuse que ces trois mots renferment, plutôt que dans le chant de la cigale. C'est ainsi qu'Ovide, voulant parler d'une chose impossible, croit que (Ars Amat. I, 271):

> Vere prius volucres taceant, *æstate cicadæ.*

Toutefois, comme les Grecs étaient de bien plus grands admirateurs du chant de la cigale que les Romains, il est possible qu'il entre un peu de vanité dans la comparaison de Lacon. (Voy. Idyl. I, 148.)

IDYLLE VII, v. 60.

> Ἀλκυόνες, γλαυκαῖς Νηρηίσι ταίτε μάλιστα
> Ὀρνίχων ἐφίλαθεν, ὅσαις τέ περ ἐξ ἁλὸς ἄγρα.

Le τέ embarrasse évidemment la construction, et quelques éditeurs ont corrigé ce passage (Brunck, ὅσκισι. Valckenaër, γε). Je crois qu'il faut lire, non pas ὅσαις, en le rapportant aux oiseaux, mais ὅσοις, en le rapportant aux pêcheurs. On sait que les quatorze jours alcyoniens (ἀλκυονίδες ἡμέραι. Arist. Hist. Animal. V. 8, 2, 3), la mer restait immobile (λαθάνεμον ὥραν. Simonide), et que les navigateurs n'avaient plus à craindre les tempêtes; ἄγρα se dit aussi d'un pêcheur dans Moschus (V. 10):

> ...... καὶ ἰχθὺς ἁ πλάνος ἄγρα.

Voy. Id. XXI, v. 16, et Sophocle, Ajax, v. 861.

IDYLLE VIII, v. 92.

Κἤκ τούτω Δάφνις παρα ποιμεσι πρᾶτος ἐγεντο,
Καὶ Νύμφαν ἄκρηβος ἐὼν ἔτι Ναΐδα γᾶμεν.

« Ναΐδα. Multi h. l. disputant de Naide, quæ fuerit, et quo-
« modo ea, quæ de Naidis cum Daphnide matrimonio hic nar-
« rantur cum aliis scriptoribus, qui de Daphnide tradunt, con-
« ciliari queant. Verum omnis hæc opera frustra suscipitur.
« Nullus enim consensus in his rebus postulandus apud poe-
« tas. » Je crois que M. Wüstemann se trompe, et qu'il est
possible de mettre Théocrite d'accord avec un autre auteur,
l'historien Timée de Locres, que cite Parthenius dans sa 26ᵉ
Narration : Τούτου (τοῦ Δάφνιδος) λέγουσιν Ἐχεναΐδα νύμφην
ἐρασθεῖσαν, παρακελεύσασθαι, etc..... — Théocrite aurait donc
suivi, ce qui me semble fort probable, la tradition sicilienne,
et dit :

Καὶ Νύμφαν ἄκρηβος ἐὼν Ἐχεναΐδα γᾶμεν.

Les copistes ne sachant ce que c'était que cette Echenaïs, et
d'ailleurs la tradition donnant une multitude de noms à cette
nymphe (Thalia, Nomia, Piplea, Italia, etc......), ont conservé
Ναΐδα qui leur donnait un sens, et changé ἐχε en ἔτι en le rapportant à ἄκρηβος. — Dans l'Idylle VII, 73, Théocrite semble
l'appeler Ξενέα ; mais ce nom est évidemment corrompu. (Voy.
l'étude sur la 1ʳᵉ idylle.)

IDYLLE IX, v. 24.

Δάφνιδι μὲν κορύναν τάν μοι πατρὸς ἔτραφεν ἀγρός,
Αὐτοφυᾶ, τὰν οὐδ' ἂν ἴσως μωμάσατο τέκτων.

Au premier abord ἴσως et μωμάσατο ne s'accordent guère, quoique au fond le sens soit assez raisonnable. Il serait à souhaiter que le reste de l'idylle fut aussi clair. Cependant il me semble qu'en lisant :

...... τὰν οὐδ' ἂν ἴσως μιμήσατο τέκτων,

on aurait une opposition bien plus naturelle entre cette houlette coupée dans le champ paternel, et celles que fabriquent les ouvriers de la ville : Pindare a dit de même (Pyth. XII, 20) :

Ὄφρα τὸν Εὐρυάλας ἐκ καρπαλιμᾶν γενύων
Χριμφθέντα σὺν ἔντεσι μιμήσαιτ' ἐρικλάγκταν γόον.

IDYLLE X, v. 15.

ΜΙΛ. Τίς δέ τυ τᾶν παίδων λυμαίνεται;
                                        ΒΑΤ. Ἁ Πολυβώτα.

Ce vers s'est toujours écrit ainsi, du moins à ma connaissance ; cependant les Scholies de Genève semblent indiquer une correction qui le ferait rentrer dans le système que Théocrite nous paraît avoir à peu près constamment suivi. Le Scholiaste dit en

effet : δύναται καὶ αὐτὸς ὅλον τὸν στίχον λέγειν, c'est-à-dire
que le vers ainsi corrigé serait :

M. Τίς δέ τυ τὸν παίδων λυμαίνεται; ἁ Πολυβῶτα;

Nous avons exposé ailleurs (Scholiorum Theocriteorum Pars
inedita. Turici. 1843, p. 80) les raisons qui nous font adopter
cette correction ; il est donc inutile de les reprendre en détail.
Disons seulement que dans ce cas, il faut renvoyer le vers : Ἁ
πρὰν.... à l'Idylle VI, 41, et couper ainsi le dialogue :

MIA. Τίς δέ τυ τὸν παίδων λυμαίνεται; ἁ Πολυβῶτα;
BAT. Εὗρε θεὸς τὸν ἀλιτρόν!
                              MIA. Ἔχεις πάλαι ὧν ἐπεθύμεις·
Μάντις τοι κ. τ. λ. —

Voy. Eurip. Hippolyte. v. 354.

IDYLLE XV, v. 145.

ΓΟΡ. Πραξινόα, τὸ χρῆμα σοφώτερον. ἁ θήλεια
Οὐλεία ὅσσα ἴσατι, πανολβία ὡς γλυκὺ φωνεῖ

C'est ainsi que ces deux vers se trouvent écrits dans toutes
les éditions modernes, jusqu'à celles de Boissonade et de Meinecke, qui n'ont fait que suivre la correction de Casaubon adop-
tées déjà par Heinsius et Valckenaër. Mais, quelle que soit le
poids de ces autorités réunies, il m'est impossible de croire que
Théocrite ait coupé si singulièrement le sens et le vers sur deux
spondées ; car la cadence du vers bucolique est à peu près dé-
truite si le sens est complétement suspendu, tandis que partout

où se retrouve cette coupe, le dactyle et le spondée terminent le vers, et le sens unit étroitement les deux idées qui le composent (1). Je crois donc que la leçon est fausse. Voici celle que je lui substitue.

Au vers 83, la *provinciale* Praxinoé, à peine introduite dans le palais, éclate en exclamations, et s'écrie en présence de toutes ces merveilles de l'art :

Σοφόν τι χρῆμ' ὤνθρωπος !

puis elle entame l'éloge de ce bel Adonis qu'elle voit devant elle, couché sur un lit d'argent, jusqu'à ce qu'un voisin se permette d'interrompre assez brutalement son intarissable babil. La querelle s'anime ; heureusement la chanteuse prélude, et nos deux femmes ont bientôt oublié l'étranger et ses sottes critiques de leur accent péloponésien. Cependant Gorgo, qui défend l'honneur de son sexe, ne laisse pas tomber cette exclamation enthousiaste de son amie :

Σοφόν τι χρῆμ' ὤνθρωπος ;

et dès l'instant où la parole lui est rendue, après le chant de l'Argienne (?), elle s'écrie à son tour triomphalement :

Πραξινόα, τι χρῆμα σοφώτερον ἀ θήλεια !

L'opposition me semble évidente.

J'ai d'ailleurs un scrupule, peut-être fort peu fondé, sur le sens de θήλεια dans le vers que je combats. Je doute que dans la bonne grécité ἡ θήλεια ait signifié *la femme que tu vois*, ἡ γυνή.

---

(1) C'est à dire que partout où Théocrite coupe son vers au 4ᵉ pied, et suspend en même temps le sens, il lie les deux derniers pieds aux quatre premiers par une particule ; par exemple : αἱ δὲ κ'ἀρέσκει (I, 10), ἢ γὰρ ὑπ' ἄγρας (16), ἐντὶ δὲ πικρός (17), αἱ δὲ κ'ἀείσῃς (23), ἀ δὲ κατ' αὐτόν (30), πὰρ δὲ οἱ ἄνδρες (33), οἱ δ'ὑπ' ἔρωτος (37), etc....

Les commentateurs ont passé rapidement sur ce passage, et Valckenaër lui-même (tantus amor finis) se contente d'indiquer le sens de cette expression sans la discuter. Ce témoignage est, par cela même, contraire à mon opinion ; cependant il me semble que ἡ Θήλεια ne peut signifier que la femelle par opposition au mâle, ou le sexe féminin. C'est ainsi que Xénophon dira (Cynég. X, 18) : ἐὰν δὲ Θήλεια ᾖ ἡ ἐμπεσοῦσα..... « si c'est la laie qui tombe dans les filets du chasseur.... » et Plutarque (Quest. Rom.) : χρῶνται δὲ δυσὶ μὲν ὀνόμασιν αἱ Θήλειαι, τρισὶ δὲ οἱ ἄρρενες : « les femmes ont deux noms, et les hommes trois. » — C'est ce que me ferait croire la leçon de quelques manuscrits (Vat. 3), et de l'édition Aldine, qui ont

αἱ Θήλειαι
Ὄλβιαι ὅσσα ἴσαντι, πανόλβιαι ὡς γλυκύφωνοι !

Enfin, il me semble que les derniers vers de cette idylle pourraient se couper d'une manière plus vive :

ΓΟΡΓΩ.

Πραξινόα, τι χρῆμα σοφώτερον ἁ Θήλεια !

ΠΡΑΞΙΝΟΑ.

Ὄλβία ὅσσα ἴσατι, πανολβία ὡς γλυκὺ φωνεῖ !

ΓΟΡΓΩ.

Ὥρα ὅμως κἠς οἶκον· ἀνάριστος Διοκλείδας,
Χώνηρ ὄξος ἅπαν, πεινῶντι δὲ μηδὲ ποτένθῃς.

ΠΡΑΞΙΝΟΑ.

Χαῖρε, Ἄδων' ἀγαπητέ, καὶ ἐς χαίροντας ἀφικνεῦ.

Ὅμως de Gorgo me paraît une restriction qu'elle met rapidement à l'enthousiasme trop prompt de sa compagne ; Praxinoé se laisse entrainer, mais elle se retourne pour contempler encore une fois le bel Adonis, et lui jette ce dernier adieu : χαῖρε.... — (Voy. v. 84 et suivants.)

IDYLLE XXI, v. 15.

Οὐδεὶς δ'οὐ χύτραν εἶχ', οὐ κύνα· πάντα περισσὰ
Πάντ' ἐδόκει τίνας ἄγρας· πενία σφιν ἑταίρα.

Rien de plus corrompu que le texte de cette malheureuse
idylle à partir de ce vers, et il est probable que si l'on ne retrouve pas quelque bon manuscrit, on ne pourra jamais la rendre parfaitement claire. Cependant comme l'inconnu nous attire
toujours, j'ai tenté d'exécuter sur ce texte un commentaire critique, dont la base ne repose pas sur les manuscrits, qui ne va-
lent rien, mais sur le contexte, soit de cette idylle, soit de toutes
les autres : je ne m'exagère pas la valeur de ce travail, mais je
veux appeler de l'attention des critiques sur des vers désespérés
et faire peut-être sortir de la discussion la correction véritable.

Briggs est le seul qui ait cru οὐδείς corrompu : il le change
en οὐδὸς et lit ainsi le vers :

Οὐδὸς δ'οὐχὶ θύραν εἶχ', οὐ κύνα ....

Je doute en effet que Théocrite, en parlant des *deux* pêcheurs,
se soit servi de l'expression : οὐδεὶς δ'οὐ χύτραν εἶχ'.... Mais
ôter une porte à une cabane entourée de tous les côtés par la
mer (v. 18), et lui laisser un seuil, me parait assez peu naturel ;
il faut cependant que cette correction ait paru bien nécessaire à
Meinecke puisqu'il renonce, en sa faveur, à la leçon des manuscrits, ce qu'il ne fait que le plus rarement possible.

Remarquons d'abord que le champ est ouvert aux conjectures,
puisque de fait il n'y a pas de *leçons* de manuscrits, mais bien
d'informes assemblages de mots auxquels personne n'a pu donner un sens. En examinant l'ensemble des idées dans la première

partie de l'idylle, il me paraît évident que l'énumération des richesses de nos deux pêcheurs finit sur οὗτος ὁ πλοῦτος, et que recommencer cette énumération par

Οὐδεὶς οὐ χύτραν εἶχ', οὐ κύνα....

c'est fausser le sens, et c'est sans doute ce qui a fait adopter à Meinecke la correction de Briggs. Il me semble au contraire que Théocrite doit terminer ce tableau par un trait qui peigne rapidement la misère de cette cabane, et non par : « Aucun d'eux « n'avait de marmite et de chien. » C'est pourquoi je hasarde :

Οὐδὲ μοχλῷ ἁ θύρα εἴχετο, οὕνεκα πάντα περισσά
Τἄλλ' ἐδόκει τήνοις· ἄγρας πενία σφιν ἑταίρα.

J'avoue le premier que rien n'est plus hasardé que l'introduction de μοχλῷ dans ce vers, parce qu'on ne retrouve pas de traces de cette leçon dans les manuscrits. Cependant Théocrite s'est servi de cette expression dans la 2ᵉ idylle (v. 127) :

Εἰ δ' ἄλλά μ' ὠθεῖτε καὶ ἁ θύρα εἴχετο μοχλῷ

et de plus elle me paraît assez bien justifier le sens du vers suivant, dont les mots sont également corrompus. Le jour, nos deux pêcheurs emportaient avec eux leurs instruments ; la nuit, ils les gardaient eux-mêmes, et leur pauvreté ne leur permettait pas d'en acheter qui leur eussent été moins utiles. La leçon de οὕνεκα ne s'éloigne que fort peu des variantes (οὐχ ἵνα, Call. οὐκένα, Ald.) ; quant à celle de πάντα π. Τἄλλα, pour πάντα π. Πάντα, elle appartient à Fr. Jacobs.

IDYLLE XXI. v. 17.

Οὐδεὶς δ' ἐν μέσσῳ γείτων, παντᾷ δὲ παρ' αὐτάν
Θλιβομέναν καλύβαν τρυφερὸν προσέναχε θάλασσα.

Il me semble que les commentateurs modernes n'ont pas saisi le sens du participe Θλιβομέναν, puisqu'ils se rangent tous à l'avis de Toup qui le traduit par *angusta*. Mais les deux exemples que ce savant cite pour confirmer cette interprétation ne me paraissent pas concluants. Dans Pollux (**IX, 23**) πόλις Θλιβομένη signifie une *ville pressée par les ennemis*, et dans Arrien ἐν καλύβαις πνιγηραῖς s'entend fort bien de πνιγηρός, mais non de Θλιβόμενος. Je crois qu'il faut s'en tenir aux paroles mêmes de Théocrite. Cette cabane est située sur un ilot, à quelque distance du rivage (οὐδεὶς ἐν μ. γ.), et chaque fois que les vagues de la mer viennent se briser sur la rive, *elles resserrent* pour ainsi dire la cabane dans un espace plus étroit (Θλιβομέναν). — Théocrite emploie φλίβεται dans un sens analogue (Id. XV, 75), et dans Eschine (contre Ctésiphon, p. 154, éd. Baiter) cette idée se trouve exprimée dans ces vers d'un oracle :

Πρίν γε θεοῦ τραίνει κυανώπιδος Ἀμφιτρίτης
Κῦμα ποταλύζῃ, κελαδοῦν ἱερῶν ἐπ' ἀκταῖς

Enfin on ne peut méconnaitre dans la double consonnance Θλιβομέναν καλύβαν, une harmonie imitative qui ne s'accorde guère avec le sens que suivent les commentateurs.

IDYLLE XXI. v. 34 seq.

Ἄλλως καὶ σχολά ἐστι· τί γὰρ ποιεῖν ἂν ἔχοι τις
Κείμενος ἐν φύλλοις ποτὶ κύματι, μηδὲ καθεύδων
Ἄλλονος * ἐν ῥάμῳ· τὸ δὲ λύχνον ἐν πρυτανείῳ.
Φαντὶ γὰρ * ἄγραν τόδ' ἔχειν.

Ce passage passe pour le plus corrompu de Théocrite, et Meinecke a préféré le texte des manuscrits à toutes les conjectures, quoique ce texte ne signifie absolument rien. Voyons s'il est absolument impossible d'en faire sortir la véritable leçon.

Les vers 34 et 35 sont fort clairs : les deux pêcheurs qu'ont réveillés les soucis de la pauvreté causent en attendant le jour. « Au reste, dit Asphalion, nous avons du loisir : que faire au bord de la mer, et couchés sur notre lit de feuilles..... »

(Car, que faire en un gîte, à moins que l'on n'y songe ?)

Ici commencent les difficultés. M. Boissonade croit que le sens se termine à καθεύδων, et que le vers suivant contient deux proverbes. Cette remarque, je la crois fort juste pour ἄσμενος, mais elle me paraît douteuse pour καθεύδων.

Tous les manuscrits donnent ὁκμω ou ῥκτω : les éditeurs ont fait ῥάμνῳ, avec raison, selon moi, puisque ῥάμνῳ se trouve dans le manuscrit Z (Gaisf. 11) copié par *Hector Pyrgoteles*, en 1516, sur un manuscrit plus ancien, et que cette leçon est la plus simple de toutes celles que l'on ait imaginées.

Le *Rhamnus* est une plante épineuse extrêmement commune dans le midi de l'Europe et dans l'Asie Mineure, et les naturalistes anciens le définissent toujours en prenant pour point de départ ses piquants redoutables. Ainsi le Scholiaste de Nicandre (Theriaca, v. 630, Ed. Morel, p. 30) : ῥάμνος δὲ, φύτον ἀκανθῶδες, — Pline (H. N. XXIV, 76), qui, sans doute, emprunte ces détails aux naturalistes grecs (Théophraste, Dioscoride) : « Is floret, ramos spargens rectis aculeis, non, ut cæteri, aduncis... » etc.... Théocrite lui-même fait dire par Corydon à Battus qui vient de se blesser au pied :

Εἰς ὄρος ὄχχ' ἕρπεις, μὴ ἀνάλιπος ἔρχεο, Βάττε
Ἐν γὰρ ὄρει ῥάμνοι τε καὶ ἀσπάλαθοι κομόωντι.

Enfin Dioscoride range dans la même famille le *rhamnus* et le *paliurus*, et nous lisons dans Virgile (Egl. V, 39) :

Carduus et spinis surgit paliurus acutis.

Ainsi ῥάμνος comme παλίουρος peut signifier toute ronce aux fortes épines.

Or, si nous comparons maintenant le passage qui nous occupe avec Id. XXIV, 89 :

Καὶ δὲ τώδ' ἀγρίασιν ἐπὶ σχίζαισι δράκοντε

et surtout avec Id. VII, 110, où Simichidas souhaite à Pan d'être couché sur des épines :

...... καὶ ἐν κνίδαισι καθεύδοις,

nous pouvons en conclure : 1° que καθεύδων, comme dans ce dernier exemple, doit se joindre à ἐν ῥάμνῳ ; 2° qu'il s'agit ici d'une couche aussi désagréable possible.

Si nous rapprochons enfin ἄλλονος de ισμε ἐν ῥ. que donne Z. il me semble évident que le vers a dû s'écrire :

Ὡς ὄνος ἐν ῥάμνῳ........

Ainsi le passage tout entier peut se corriger de la manière suivante :

Ἄλλως καὶ σχολά ἐντι· τί γὰρ ποίῶ ἂν ἔχοι τις
Κείμενος ἐν φύλλοις, ποτὶ κύματι, μηδὲ καθεύδων
Ὡς ὄνος ἐν ῥάμνῳ, τό τε λύχνον ἐν πρυτανείῳ·
(Φαντὶ γὰρ αἰὲν ἄγρου τόδ' ἔχειν.)

« Au reste nous avons du loisir ; car que pourrions-nous faire, couchés sur nos lits de feuilles, près de la mer, et ne dormant pas plus qu'un âne sur des épines ou la lampe du prytanée (car elle a, dit-on, de quoi toujours consumer) ? »

Ainsi ὄνος ἐν ῥάμνῳ serait un proverbe qui aurait la même origine que notre expression *être couché sur les épines*; quant à la seconde moitié du vers, on sait qu'un grand nombre de villes grecques avaient un prytanée dans lequel une lampe, au moins, ne cessait de brûler : or, rien n'était plus simple pour ces pêcheurs que de prendre pour emblème de l'insomnie un âne couché sur une litière d'épines, ou la lampe qui brûlait toute la nuit dans le prytanée : et le dernier vers Φωνὴ, etc.... est l'explication de cette comparaison avec un retour sur leur misère : « Elle au moins est toujours sûre de son repas. »

Remarquons, en finissant, que le vers 58 :

Καὶ τὸν μὲν πιεστῆρσι κατῆγον ἐπ' ἀπείροιο,

est probablement transposé, qu'il faut le replacer après le vers 51, et lire ainsi ce passage :

Καὶ σὺ φεύγοντος ἔτεινα,
Καὶ τὸν μὲν πιεστῆρσι κατῆγον ἐπ' ἀπείροιο·
Ἤνεγκα κ. τ. λ.

Mais

primo avulso non deficit alter.

Je terminerai cet appendice par deux petites pièces que le manuscrit de notre bibliothèque semble donner d'une manière plus correcte que les éditions : la première est l'*Epigramme* (de Théocrite ?) que citent les Prolégomènes grecs :

Ἄλλος ὁ Χῖος· ἐγὼ δὲ Θεόκριτος, ὃς τάδε γράψας
Εἷς ἀπὸ τῶν πολλῶν εἰμι Συρηκοσίων
Υἱὸς Πραξαγόραο περικλειτῆς τε Φιλίννης·
Μοῦσαν δ' ὀθνείην οὔτιν' ἐφελκυσάμην

Le manuscrit de Genève (C. G.) donne τάδε γράψας pour τάδε γράψα ou τάδ' ἔγραψα des autres éditions. — **2**. Τῶν, abest. — **3**. Περικλυτῆς τε Φιλίης. C. G. — **4**. Οὔτιν' pour οὔποτ' qui rend peut-être un peu plus clair le sens de ce dernier vers. (Voy. Dissertation, pag. **18**).

La seconde est une ode d'Anacréon (la XVIIe, 1re Ed. Boisson.): elle se trouve dans l'Anthologie et dans Aulu-Gelle, qui la cite (XIX, 9) pour l'avoir entendu chanter dans un repas. Comme le texte diffère çà et là des autres éditions, je donnerai celui de M. Boissonade avec les variantes du C. G.

C. G.

1	Τὸν ἄργυρον τορεύων,	τορεύσας;
	Ἥφαιστέ μοι ποίησον,	
	Πανοπλίαν μὲν οὐχί,	Πανοπλίας
	(Τί γὰρ μάχαισι κἀμοί…)	
5	Ποτήριον δὲ κοῖλον,	
	Ὅσον δύνῃ, βάθυνας.	Βάθυνον.
	Ποίει δέ μοι κατ' αὐτοῦ	Καὶ μὴ ποίει κατ' αὐτό
	Μήτ' ἄστρα, μηθ' ἅμαξαν,	Μήτε ἄστρα, μήτ' ἁμάξας
	Μὴ στυγνὸν Ὠρίωνα.	Abest
10.	(Τί Πλειάδων μέλει μοι,	
	Τί δ' ἀστέρος Βοώτεω;)	
	Ἀλλ' ἀμπέλους χλοώσας,	Ποίησον ἀμπέλους μοι
	Καὶ βότρυας γελῶντας·	Κ. β. κατ' αὐτό
	Καὶ Μαινάδας τρυγώσας·	Abest
15.	Ποίει δὲ ληνὸν οἴνου,	Abest
	Καὶ χρυσέους πατοῦντας,	
	Ὁμοῦ καλῷ Λυαίῳ	καλῶς
	Ἔρωτα καὶ Βάθυλλον.	Βάθυνον

Cette ode se retrouve aussi dans l'Anthologie Palatine et dans quelques autres manuscrits (Voy. la note de M. Boiss.). Pour moi, j'avoue que la leçon du C. G. qui retranche le v. 9, et les vv. 14 et 15, me plait assez, puisque le poëte reprend les astres dont il a déjà parlé (vv. 10 et 11), et qu'il ne parle pas d'Orion. Quant aux trois adjectifs des vv. 12, 13, 14, je doute qu'ils soient d'Anacréon : je les croirais plutôt de quelque moine , qui les aura fabriqués pour charmer son oreille : peut-être de l'auteur (imitator ineptissimus, Mœb.) du chef-d'œuvre suivant. — Les vv. 12 et 13 offrent la leçon du C. Vat. (excepté $\varkappa \alpha \tau' \alpha \mathring{\upsilon} \tau \tilde{\omega} \nu$). Les autres leçons n'ont rien de remarquable : il serait possible cependant que le v. 7 du C. G. valut celui des Editions , malgré la spondée du second pied. (Voyez Boiss. Not. Ode XVIII.)